D0928606

COLLECTION FOLIO

Tonino Benacquista

La boîte noire
et autres nouvelles

Gallimard

Tonino Benacquista, né en 1961, a exercé divers petits boulots qui ont servi de cadre à ses premiers romans : accompagnateur de wagons-lits, il s'inspire de cette expérience dans un roman noir paru en 1989, *La maldonne des sleepings* où le narrateur, Antoine, veille sur le sommeil d'un clandestin que contrôleurs, douaniers et tueurs sont prêts à tout pour capturer. En 1990, accrocheur d'œuvres d'art, il situe l'action de *Trois carrés rouges sur fond noir* entre les coulisses d'une galerie et une académie de billard : Antoine, le héros, perd une main lors d'un vol de tableau et décide de retrouver le responsable de sa mutilation. En 1991, Tonino Benacquista reçoit le Grand Prix de littérature policière, le Trophée 813 du meilleur roman et le prix Mystère de la critique pour *La commedia des ratés*, l'histoire à la fois tragique et bouffonne d'Antonio qui, ayant hérité d'un terrain sans valeur en Italie, organise un « miracle » pour faire monter les prix. Les lectrices de *Elle* lui décernent leur Grand Prix en 1998 pour son roman *Saga*, l'histoire délirante de quatre scénaristes prêts à tout pour être célèbres : Louis, qui a usé sa vie à Cinecittá, Jérôme, décidé à conquérir Hollywood, Mathilde, auteur méconnu de trente-deux romans d'amour, et Marco, qui aurait fait n'importe quoi – mais n'importe quoi ! – pour devenir scénariste. Même écrire un feuilleton que personne ne verrait jamais. *Tout à l'ego*, paru en 1999, dont sont extraits les textes de ce recueil, rassemble dix nouvelles à l'ironie douce-amère où des personnages bien ordinaires sont confrontés à des situations extraordinaires... Comment rencontrer ouvertement sa maîtresse devant une épouse maladivement jalouse, sans que celle-ci s'en aperçoive ? Comment imaginer un plan infaillible pour ne pas appeler sa femme du prénom de sa maîtresse du moment ? Et comment diable se débrouiller pour que personne, et surtout pas l'unique réparateur du village, ne sache que l'on regarde des films X en cachette, quand la cassette se coince à l'intérieur du magnétoscope ?

Découvrez, lisez ou relisez les livres de Tonino Benacquista en Folio :

LA MALDONNE DES SLEEPINGS (Folio Policier n° 3)
TROIS CARRÉS ROUGES SUR FOND NOIR (Folio Policier n° 49)
LA COMMEDIA DES RATÉS (Folio Policier n° 12)
SAGA (Folio n° 3179)
TOUT À L'EGO (Folio n° 3469)

à Alain et Bertrand

LA BOÎTE NOIRE

Il y a eu cet énorme rayon de lumière blanche. J'ai senti que mon corps s'élevait à l'aplomb, dans les ténèbres, à une vitesse folle. J'ai eu peur de heurter une borne invisible du cosmos. Un souffle d'air chaud m'a ramené sur terre et m'a couché, lentement, au beau milieu d'un pays d'horreur. Là, immobile, incapable de me hisser sur mes jambes ou même d'ouvrir les yeux, je n'ai pu que les entendre : chiens hurleurs et loups affamés, hyènes meurtries au rire aigre, feulements de fauves autour de ma carcasse. Le silence et l'oubli ont mis des siècles à tisser un cocon où, enfin, j'ai pu me lover tout entier.

Jusqu'à ce qu'un Dieu de miséricorde me rende la vue.

Et la vie.

*

Une femme a poussé un soupir de soulagement quand je suis revenu à la conscience. J'ai cru qu'il s'agissait d'une mère ou d'une sœur. C'était l'infirmière.

Pas de mal au crâne, pas d'angoisse particulière. Ils ont dû me farcir les veines de morphine ou de trucs comme ça. Elle me parle d'un accident et, tout de suite, j'ai les phares de cette voiture dans les yeux. L'onde de choc qui a suivi résonne encore dans ma colonne vertébrale. Et puis, plus rien. Je lui demande combien de temps a duré le *plus rien*. Une nuit? Une nuit seulement? J'ai l'impression d'avoir parcouru l'éternité en sens inverse et tout ça n'a duré qu'une douzaine d'heures. Jusqu'où sont allés ceux qui ont passé tout un hiver dans le coma?

Mon père a demandé qu'on le rappelle dès mon réveil. Je ne veux pas qu'il fasse le voyage jusqu'ici, je n'ai pas l'intention de moisir longtemps dans cette clinique perdue dans les Pyrénées. Le médecin doit passer pour me rassurer sur l'avenir. Dans quelques jours, je redeviendrai celui que j'ai toujours été. Dans quelques années cet accident ne sera dans mon souvenir qu'un vague trou noir suivi d'un court et interminable séjour dans un lit blanc entouré de neige à perte de vue.

La voiture en question était une B.M.W. Personne n'a rien pu faire pour le conducteur. J'ai l'intime conviction de n'avoir commis aucune imprudence. À sa manière, l'infirmière me le confirme : personne dans le coin n'a jamais vu un véhicule prendre la route des Goules à une vitesse pareille.

— On sait qui était ce type ?

— Un assureur basé à Limoges. L'autopsie dira s'il était soûl, mais c'est couru d'avance.

Tout à coup, je me sens beaucoup mieux. Un pochard a failli me coûter la vie et je bénis le ciel de ne pas avoir sa mort sur la conscience. La grande Faucheuse chamboule les esprits. Je dois concentrer toute mon énergie sur ma nouvelle vie, on ne ressuscite pas tous les jours. Il paraît que ceux qui ont vu la mort en face vivent le reste de leur existence dans la sérénité et la joie. Si c'est le cas, cela valait peut-être le coup.

L'infirmière a un comportement étrange, elle vaque autour de mon lit en me lançant des œillades à la dérobée, mi-amusée, mi-intriguée. Comme si j'étais une vedette. Cet accident ne m'a pourtant pas rendu amnésique : je m'appelle bien Laurent Aubier, j'ai trente-cinq ans, je répare des photocopieurs, je suis célibataire, et ma grande ambition dans l'existence est de décrocher le premier prix du concours Lépine. La femme en blanc confirme l'ensemble avec le sourire de celle qui sait tout, comme si elle connaissait le moindre rouage de ma vie. Je lui en fais la remarque, un peu agacé.

— J'en sais peut-être bien plus que vous-même, répond-elle en quittant la chambre.

*

J'ai rassuré tout ceux qui le désiraient par téléphone, parents et amis. Je ne pensais pas en avoir tant. La plupart ne me demandent habituellement que des photocopies gratuites. L'infirmière m'a apporté le dîner. Comment peuvent-ils promouvoir l'idée d'un « hôpital à visage humain » s'ils ne servent que de la bouffe que dénoncerait Amnesty International ? Plus tard dans la soirée, je sonne pour qu'elle vienne me débarrasser de ce récipient plein de pisse dont je ne sais que faire. Comme tous les alités du monde, je hais cette intimité avec une femme que je ne connais pas. De son vivant, ma propre mère n'en a jamais vu autant, et mes fiancées de passage, à Paris, ne m'ont même jamais entendu éternuer.

— Ne regardez pas la télé trop tard, sinon je viendrai moi-même l'éteindre.

— Vous prenez votre rôle trop au sérieux, madame... madame... ?

— Janine.

— Je vous remercie de tout ce que vous faites pour moi, madame Janine, mais la télé m'endormira beaucoup plus vite que vos pilules. De toute façon, j'ai l'impression d'avoir dormi pour les dix ans à venir.

Elle me gronde gentiment, je la remercie d'un sourire. Tout à coup, je réalise que cette brave dame papillonne autour de moi depuis ce matin, sans aide ni relâche.

— Je vous ai déjà veillé toute la nuit dernière, pendant votre coma. C'est une petite clinique, monsieur Aubier, et j'ai une collègue malade, une autre en vacances. Je vais essayer de dormir quelques heures. Si vous êtes moins bavard que la nuit dernière...

Je n'ai pas le temps de lui demander ce qu'elle veut dire, elle est déjà partie avec un petit clin d'œil qui se veut plein de malice. D'aussi loin que je me souvienne, personne ne m'a fait remarquer que je parlais en dormant, ni au pensionnat ni dans ma garçonnière où j'attire parfois quelques belles insomniaques. Pendant ces heures horribles, j'ai dû faire un carnaval de cauchemars. On veille sans doute les comateux pour éviter qu'ils ne s'agitent. En général, je me souviens de mes rêves, ils mêlent allégrement l'angoisse métaphysique, les films gore et les symboles bunuéliens. Janine a dû en entendre de belles. À moins que la nuit dernière je ne me sois repassé l'accident en boucle, avec un râle sinistre au moment de l'impact. Je dois oublier tout ça le plus vite possible. Le programme de télé que je viens de me concocter va sans doute m'y aider : un film de Jerry Lewis, un documentaire sur le varan du Komodo et, pour finir, la rediffusion du dernier festival de Bayreuth. Si mes calculs sont exacts, *Le Crépuscule des dieux* prendra fin au moment même où Janine m'apportera le petit déjeuner. La vie est trop courte et trop précieuse pour la passer à dormir.

*

— Ça sent encore le tabac dans votre chambre.

— Je sors quand, bordel ?

— Ce soir, je vous l'ai dit cent fois. Mais si vous tenez tant à vous agiter, on pourrait bien vous garder quelques jours de plus.

Fraîche et reposée, la Janine. Elle aurait mis une petite pointe de maquillage, ça ne m'étonnerait pas. Depuis le début de mon séjour ici, j'ai vu Marielle, Bernadette, Sylvie et Mme Béranger, toutes plus aimables les unes que les autres, mais aucune ne détrônera Janine dans mon cœur.

— Il est comment, votre mari ?

— Vous êtes bien indiscret, monsieur Aubier.

— Allez....

— Je ne suis pas mariée.

— Vous avez bien un amoureux, non ?

Ses joues rosissent à peine.

— Il est bien moins turbulent que vous.

— Dites, Janine... (je baisse d'un ton) on dit toujours que les infirmières sont nues sous leur blouse.

Elle hausse les épaules en donnant quelques gifles à un oreiller avant de le replacer sous ma tête.

— Ça restera un fantasme, si vous le voulez bien. D'ailleurs, question fantasmes, vous êtes déjà bien pourvu.

— Qu'est-ce que vous en savez ?

— Imaginez un peu ce que dirait Betty si elle vous entendait me dire toutes ces idioties ?

— ... Quelle Betty ?

— Je ne serai pas là de toute la journée, mais je viendrai vous saluer avant votre départ.

— Ne vous foutez pas de moi ! De quelle Betty voulez-vous parler ? !

— Cette fois, vous ne l'avez pas volé, monsieur Aubier. Passez une bonne journée quand même...

— Janine, revenez ici IMMÉDIATEMENT !

La garce !

Elle n'a pas daigné reparaître de toute la journée. Le convalescent que je suis l'a pistée, sans succès, dans toute la clinique. Betty... J'aurais parlé d'une Betty durant mon sommeil ? Je ne connais aucune Betty.

Ou bien si.

Mais ça semble si loin...

Une table d'écolier à deux places, comme il n'y en a plus. Un encrier dans chaque coin que la maîtresse venait remplir avec une bouteille. Une petite trappe s'ouvre au loin, dans ma mémoire. J'avais gravé *Bety* dans le bois, avec une plume Sergent-Major. Elle s'est moquée de moi, j'ai rajouté un t, bien collé au premier. Je me souviens, maintenant... Ses dents blanches... Ses yeux incroyablement purs... Le froissement de nos blouses quand nos coudes se frôlaient. Nous nous sommes fait traiter d'amoureux plus d'une fois. Je me souviens de nos regards qui se cherchaient dans le couloir, dès le matin. « Elle s'appelle comment ta fiancée ? » « Betty ! » À la même question, elle répondait « Laurent ».

Je ne sais pas si j'ai réellement été amoureux depuis.

La nuit tombe. Je range mon rasoir dans une petite poche de la valise. La journée entière, je n'ai cessé de rechercher ces doux instants du passé. En traversant le hall de la clinique, j'ai encore en tête le sourire d'une petite fille.

Je suis prêt à retrouver le monde en marche, même s'il s'est fort bien passé de moi durant ces dix jours. Bernadette et Sylvie sont derrière le hall d'accueil. Je me promets de leur envoyer quelque chose de Paris. Janine apparaît en tenue de ville, un grand sourire aux lèvres. Elle m'entraîne vers les énormes fauteuils rouges de la salle d'attente ou plus personne n'attend.

— Votre taxi ne va pas tarder.

— Avec un peu de chance, il sera en retard. Je ne vous ai pas encore remerciée pour tout ce que vous avez fait.

— C'est mon travail.

— Grâce à vous j'ai retrouvé le souvenir d'une amourette de jeunesse. Elle avait sa petite place bien cachée au fond de moi, et sans vous je ne l'aurais jamais fait remonter en surface. C'est à vous que je dois ces petites bulles de nostalgie.

Elle laisse échapper un petit rire mais se reprend très vite. Une lueur de gravité passe dans ses yeux. Elle hésite, retient le silence, n'ose pas se lancer. J'en perds le sourire, moi aussi.

— Vous vous souvenez que je vous ai veillé durant votre coma, monsieur Aubier ?

— Vous me l'avez dit le lendemain.

— Vous étiez dans ce qu'on appelle un « coma vigile ». Un coma plutôt léger où le patient s'exprime et réagit. Il ressasse des phrases incompréhensibles, un flot de paroles d'une densité incroyable pendant des heures et des heures. Un délire organisé que personne d'autre que lui ne peut comprendre, et, la plupart du temps, il n'en comprend pas la moitié lui-même. Dix heures... Vous vous rendez compte ? Une dérive verbale de dix heures sans la moindre interruption ?

— ... ?

— C'est une chance fabuleuse, monsieur Aubier, une chance à ne pas rater. Une antenne directe sur la boîte noire.

— La boîte noire ?

— L'inconscient, si vous préférez.

Une Janine que je ne connais pas vient d'apparaître sous mes yeux épouvantés. Un être fébrile et passionné, mi-prêtresse, mi-sorcière.

— Cette nuit-là, vous vous êtes raconté, vous êtes allé jusqu'au bout de vous-même, vous avez brassé trente-cinq ans de morale, d'interdits et de souvenirs. Vous les avez dépoussiérés, défroissés, déchiffrés et organisés dans un ordre connu de vous seul. Betty n'est qu'une goutte d'eau dans l'océan, elle est sortie de la boîte noire comme tout le reste.

Un aiguillon de peur me pique vers le ventre. Une bouffée de chaleur m'a parcouru les bras et le dos. Le voyant du taxi apparaît derrière la vitre.

— Janine... Vous êtes en train de me dire que vous... que vous avez violé mon intimité mentale ?

Elle me prend les mains et les serre dans les siennes.

— Laurent, je fais une psychanalyse depuis quatorze ans. Et en quatorze ans, je n'ai pas dit la moitié de ce que vous avez fait sortir en une seule nuit.

Elle me tend un bloc-notes à spirale. Je crois que je vais devenir dingue.

— Pour une fois, la nuit de garde était plutôt calme, et j'ai l'habitude de prendre des notes...

Le bloc m'atterrit dans les mains. Tout se brouille dans ma tête. Le taxi klaxonne.

— Vous vous foutez de moi... ?

— C'était un service à vous rendre, j'aimerais qu'on fasse la même chose pour moi dans de pareilles circonstances. Tous vos mystères et tous vos oublis, tout votre amour et toute votre haine, tous vos messages restés sans écoute, toutes vos craintes et vos fantasmes sont consignés là-dedans. Faites-en bon usage.

Je veux la retenir par le bras mais elle m'échappe et disparaît dans les vestiaires. Le taxi est sur le point de partir.

Je reste là, comme un con, incapable de prendre une décision.

*

Je n'ai osé ouvrir le bloc-notes que dans l'avion. L'hôtesse m'a servi une bonne rasade d'alcool et mon voisin a cru bon de m'expliquer que la peur de l'avion cachait sûrement autre chose, l'angoisse d'un départ ou celle d'un renouveau. Encore un qui veut fourrer son nez dans mes rouages. Les pages griffonnées par Janine sont bien plus dangereuses que toutes les phobies du monde. Je pourrais les déchirer en petits morceaux et tirer la chasse d'eau, personne n'en saurait rien et je continuerais à vivre comme si rien ne s'était passé. Elle est banale, ma petite vie, mais je l'aime comme elle est, je n'ai pas besoin d'en connaître les secrets. À quoi bon s'aventurer dans les zones interdites ? On ne peut y trouver que des embrouilles, c'est bien connu, il n'y a qu'à voir tous ces films qui se passent dans la jungle. À quoi bon écouter les tuyauteries de son âme ? *C'était un service à vous rendre...* Tu parles d'un service, ma pauvre Janine. Qui a envie de savoir ce qui se passe de l'autre côté ? Qui n'a pas peur d'ouvrir la trappe de l'ego ? Ça ne doit pas sentir bon, là-dedans. *Faites-en bon usage...* Et si dans l'affaire j'avais bien plus à perdre qu'à gagner?

Mais la vraie question est : comment résister?

Mon voisin s'est assoupi, le crâne contre le hublot.

Je soulève la couverture bistre du bloc.

... Faudrait y retourner voir, chez le père Tapedur, on y retrouverait peut-être son livret de Caisse d'Épargne, eh oui! (rires)... Dix ans à boire du Schweppes, ça laisse des traces, hein Nathalie...? Tout était encore plus blanc sous son aube, on ne pouvait pas plus blanc, ça faisait même mal aux yeux, perdu dans le grand cône tout blanc, c'était ce con de Pascal qui m'avait obligé... Les cloches et tout... Rien compris au film, le Pascal... « ma sœur aime trop l'argent, ma sœur aime trop l'argent », tu savais dire que ça, Ducon... T'y es pas allé voir, toi, sous le grand cône blanc...

— ... Je vous accompagne jusqu'au lavabo?

L'hôtesse a posé la main sur mon épaule. Elle sort un sac en papier blanc, perdu dans les prospectus coincés dans une poche du dossier, au cas où je voudrais vomir. Elle préférerait la solution du lavabo. Ai-je l'air aussi mal que je le suis? Elle me tend un cachet, un verre d'eau, j'avale le tout. Docile. Je me force à sourire pour l'éloigner. Janine est une drôle de garce. Elle n'aurait pas dû faire ça.

Son devoir était, cette nuit-là, de fermer la porte, de respecter mon délire, de le laisser se perdre dans le grand inconscient de l'univers. Je ferme les yeux, prends une longue bouffée d'air et pars à la recherche du *grand cône blanc*. Il doit être quelque part, si loin, si proche, perdu en cours de route, oublié depuis des lustres, mais toujours aussi blanc. Qu'est-ce qui se cachait sous *le grand cône blanc*...? Il est là, tout près. Tout près...

— Monsieur, vous avez laissé tomber votre cahier.

— ... Hein?

Je remercie cet imbécile de voisin d'un signe de tête et reprends le bloc qui a glissé à mes pieds. *Le grand cône blanc* ne devait plus être très loin. Tant pis, j'y reviendrai quand je serai seul. Il y a quarante-huit feuillets de notes serrées. Avec parfois des séries de *bis* à n'en plus finir. Je ne sais plus si je dois lire dans la continuité ou puiser au hasard. J'allume une cigarette en sachant que c'est désormais interdit mais je ne peux pas résister.

... J'ai pleuré, putain, tout le monde l'a vu, je ne veux pas qu'on m'appelle Roland, je m'appelle Laurent, pas Ro-land, Lau-rent, Lorenzaccio! Putain de merde! N'empêche il était grand et maigre, ce con, maigre d'accord, mais surtout grand, et j'avais la trouille parce qu'il avait le bon droit pour lui... T'as toujours aimé te foutre de la

gueule des gens, fallait bien qu'il y en ait un qui...
Mon orgueil marqué au fer rouge avec ses initiales
dessus... A. L. ... Auguste Lespinasse... Tu parles si
j'en avais brodé, des conneries, sur Auguste Lespi-
nasse... Une régalade... Moi c'est Laurent, Lau-rent,
compris...?

Un grand type à lunettes. À l'armée. Montbéliard.
Une humiliation devant toute la chambrée. J'avais
poussé le bouchon trop loin. Des variations idiotes
sur son nom, personne n'avait ri, et ça m'avait valu
son poing sur la gueule. Tout me revient en mémoire, même le sillon des larmes sur mes joues,
le bridge tout métal à droite dans sa bouche. Pour
la peine, il m'a appelé Roland jusqu'à la quille.
Chaque nuit, comme un lâche, j'ai eu envie de le
tuer pendant son sommeil.

Je n'avais pas oublié cet épisode mais jamais je
ne me serais douté de la trace qu'il a laissée en moi.
Plus jamais je n'ai cherché à blesser autrui depuis
ce jour-là, et c'est peut-être à Auguste Lespinasse
que je le dois. La peur que j'éprouve à tenir ces
feuillets brûlants entre les mains se mue en quelque
chose de plus intense et de plus grisant. Et si Janine
avait eu raison? Et si elle m'avait offert les clés de
la *Connaissance*, la plus précieuse de toutes, celle
de soi-même? J'ai peut-être un trésor, là, posé sur
les cuisses comme une petite boîte de Pandore. Il
peut me donner les réponses aux questions essen-

tielles, celles qui nous apparaissent, dit-on, le jour de notre mort. Il me dira qui je suis et d'où je viens. Et j'aurai peut-être une chance de savoir où je vais. Bien avant mon heure. Au milieu du parcours.

L'hôtesse me demande d'éteindre ma cigarette. Dès qu'elle s'en va, j'en allume une autre. Je brave des interdits qui ne sont plus de mon âge et je m'en fous. Nous volons au-dessus de Paris. Mon voisin a déjà la main sur son porte-documents. J'ai encore le temps de faire un petit tour dans la machine à explorer l'âme.

... Indécrottable !... Indécrottable !... Elle savait dire que ça cette vieille salope... Papa tu dois me croire, moi ! Pas elle, je ne suis pas indécrottable... Ne joue pas aux voitures dans l'escalier !... Je veux pas redoubler, elle ment et c'est elle que vous croyez !... Faites attention !... Le grand escalier en marbre de parrain... Du marbre d'Italie... Indécrottable ! C'est dégueulasse rien qu'à entendre... Plein de merde dans la tête... Puisque c'est comme ça je vais vous faire la Piste aux Étoiles... (roulements de tambour avec la langue)... L'indécrottable va nous exécuter un saut de l'ange !... Le marbre c'est beau mais c'est froid...

Sans même m'en rendre compte, je suis dans un taxi. Je ne sais pas comment s'est passé l'atterrissage, ni comment j'ai récupéré ma valise. Je suis toujours dans les airs. Presque en apesanteur. Jusqu'aujourd'hui, la seule image qui me restait de cette chute était une minerve qui me donnait l'air d'un petit vieux. J'avais six ans. Un escalier qui aurait pu me coûter la vie. Qui est cette vieille salope ? Et qu'est-ce qu'elle a à voir avec cette chute ? Une pile de courrier m'attend derrière la porte. Sans même prendre le temps d'enlever mon manteau, je me précipite sur le téléphone.

— Papa ?

— T'es rentré, mon grand ? J'aurais pu venir te chercher à l'aéroport.

— Tu te souviens de mon accident dans l'escalier de parrain ?

— ... Si je me souviens ? Ta mère et moi, on a cru que t'étais mort.

— Qu'est-ce qui s'est passé, cette année-là, à l'école ?

— ... ?

— J'ai besoin de savoir. Et tu as toujours suivi de près ma scolarité.

— ... T'es drôle, toi... Tu me demandes ça aujourd'hui... Je crois que tu étais au C.P., l'accident est arrivé en mai et tu n'es retourné à l'école qu'en septembre.

— J'ai redoublé ?

— Non mais c'est ce que voulait ton institutrice, une vieille peau avec qui tu te chamaillais toujours. Entre-temps, tu as fait cette chute et on t'a donné des cours particuliers pendant toute ta convalescence. À la rentrée, tu avais même un niveau bien supérieur aux autres.

— Comment j'ai fait pour tomber dans cet escalier ?

— Je ne sais pas, on était tous à table, on a entendu ta dégringolade et on t'a retrouvé en bas, inconscient. Ton parrain en a fait une jaunisse.

Je le remercie un millier de fois et raccroche. Tout devient beaucoup plus clair. Cette vieille peau me détestait, et le redoublement équivalait à une condamnation à mort.

On dit que l'idée même du suicide ne peut pas venir à l'esprit d'un enfant. J'ai connu la détresse qui vous pousse vers la mort. Je n'avais que six ans.

*

Trois semaines plus tard, je n'ai pas encore repris le boulot. Je passe le plus clair de mon temps dans mon appartement ou dans les jardins publics. Mon inertie apparente ne laisse en rien imaginer l'extraordinaire travail mental que je fournis à chaque instant. La tempête sous mon crâne est si forte qu'elle charrie avec elle des promesses oubliées et d'insoupçonnables tabous. Je reste penché sur le bloc-notes comme on étudie la carte d'un Eldorado, je plonge en moi-même comme un explorateur sous-marin et n'en remonte qu'au prix d'une douloureuse épreuve. Beaucoup de choses m'échappent encore dans ces quarante-huit feuillets, et les zones les plus hermétiques sont celles qui, bien sûr, m'intriguent le plus.

Quand je serai grand, je serai faucheur de spaghettis, ça c'est un beau boulot... Quand je serai grand, je serai faucheur de spaghettis, ça c'est un beau boulot... Rachat avant mars de la Finoil par l'A.C. Group... Quand je serai grand, je serai faucheur de spaghettis, ça c'est un beau boulot...

Faucheur de spaghettis. Après un effort de mémoire terrible, j'ai revu ce grand con de Pascal, à la maternelle, en train de m'expliquer que les pâtes poussaient dans les champs et qu'on les fauchait comme les blés. Faucheur de spaghettis, c'était le job rêvé. En revanche, impossible de savoir d'où surgit cette *Finoil* qui ne me dit absolument rien. Mon copain Jérémy, boursicoteur professionnel, m'a expliqué qu'une petite maison comme l'*A.C. Group* ne pouvait en aucun cas racheter le plus gros trust pétrolier d'Europe. Le pire, c'est la façon dont ces deux mots se sont glissés dans ma tête et y sont restés accrochés comme des oursins. Avons-nous le cortex chargé de milliards d'insignifiances stockées au fil des âges ? Il y a sûrement derrière cette formule sibylline quelque chose de bon à gratter mais je ne sais comment m'y prendre. Certains paragraphes sont encore plus troublants, surtout quand ils disent exactement le contraire de ma pensée consciente.

... On ne trahit jamais que les amis, ordure !... Riri Fifi et Loulou... Demande à Judas ! Ça en fait des parties de flipper, nom de Dieu !... Mon pauvre Riri... Elle te plaisait tant que ça, la petite Sophie ? Fallait me le dire, pauvre con... Toutes ces parties de flipper pour en arriver là...

Fifi c'était Philippe, Riri c'était Richard et Loulou c'était moi. Le triumvirat. Toujours fourrés ensemble depuis le lycée. J'ai été le premier à m'installer avec une fille que les deux autres ont acceptée dans la bande sans faire d'histoire. Surtout Philippe. On dit toujours que les femmes ont un tel souci du détail qu'elle savent cacher leur amant des années durant, ou dépister une maîtresse avec un simple cheveu. Dans mon cas, ça a été l'inverse. Après huit jours de stage à Toulouse, j'ai retrouvé dans le cendrier de la table de nuit la bague d'un cigare *Romeo y Julieta* que j'avais offert à Philippe. La boîte de vingt-cinq m'avait coûté un prix fou, mais pour l'anniversaire d'un pote on ne compte pas. Je n'ai pardonné ni à Sophie ni à l'autre salaud. C'était il y a dix ans.

L'ennui, c'est que la boîte noire n'est pas d'accord avec cette version...

Et je ne vois pas pourquoi elle serait mieux renseignée que moi. C'est écrit là, noir sur blanc, de la main fébrile de Janine. *Mon pauvre Riri... Elle te plaisait tant que ça la petite Sophie ?* Elle a pu se tromper, après tout. Riri ou Fifi, prononcé à toute vitesse au milieu d'une bourrasque de mots. Riri, mon pote de toujours, l'indéfectible Richard. Je ne vois pas ce que mon inconscient insinue à propos d'une histoire qui m'a coûté assez cher.

Mais il faut que j'en aie le cœur net.

*

Le serveur pose les deux cafés sur la table et j'allume la première cigarette de tout le dîner. Richard sort un cigare de son étui sans interrompre sa brillante analyse sur l'étanchéité des classes moyennes. Contre toute attente, je lui coupe net la parole.

— C'est Philippe qui t'a fait aimer le cigare ?

Il marque un temps d'arrêt et me regarde, étonné.

— Longtemps qu'on n'a pas parlé de lui... Je pensais que tu ne voulais plus entendre ce nom-là.

— Le temps a passé... Dix ? Douze ans ? Tout s'oublie, tu sais. J'ai bien réussi à oublier Sophie, et je ne m'en croyais pas capable.

— Il y a des choses qu'on ne pardonne pas.

— Je ne te parle pas de pardon, chacun se démerde avec sa morale. L'oubli est un besoin vital, comme boire ou manger. Écraser les souvenirs qui nous encombrent est la garantie même de notre santé mentale. Borges a écrit de très belles pages là-dessus. Imagine l'horreur que ce serait de ne rien oublier. Imagine que nous ayons tous en nous une sorte de réceptacle où tout serait consigné, le meilleur et le pire, et surtout le pire.

— Une sorte de boîte noire, quoi, comme dans un avion.

— Exactement.

Richard me regarde, immobile. Troublé. Puis il allume lentement son cigare selon un rituel que je connais bien.

— Quelque chose a changé depuis ton accident. Nous n'aurions jamais parlé de ce genre de choses, avant.

Je maintiens un vague silence ambigu, comme pour souligner un peu plus l'étrangeté de notre dialogue.

— Si cette boîte existe, il ne faudrait en aucun cas y avoir accès, dit-il. Nous sommes le produit de nos erreurs et de nos doutes. À quoi pourrait bien nous servir une infinité de petites certitudes?

— À saisir une chance unique de comprendre comment l'on est devenu ce que l'on est.

Le serveur pose l'addition sur le coin de la table et rompt un duel du regard qui aurait pu durer des heures.

— Pour répondre à ta question, ce n'est pas Philippe qui m'a fait aimer le cigare, mais toi.

— ... Moi?

— Tu te souviens des Romeo y Julieta que tu lui avais offerts? Il n'a jamais osé te le dire mais l'odeur même du cigare lui donnait la nausée. J'en ai goûté un et ça a été la révélation. J'ai fumé toute la boîte, et depuis ça me coûte six à sept mille balles par mois.

Après quelques secondes de silence, un petit rire m'échappe. Un rire innocent, ni amer ni vengeur. La récente intimité avec ma boîte noire a dû modifier mon rapport au monde et aux autres. Comment ai-je pu penser qu'elle s'était trompée, d'ailleurs? C'est ce que nous appelons trop naïvement « la raison » qui nous fait croire ce qui nous arrange le mieux. L'inconscient, lui, est impitoyable de vérité. Il y a dix ans, déjà, je *savais* que Richard et Sophie avaient couché ensemble. Nous ne sommes jamais dupes que de nous-mêmes. Les années qui ont suivi, j'ai banni l'innocent pour toujours et je suis resté ami avec le traître.

Les tables se vident une à une. Richard donne un gros pourboire au serveur, sans doute pour qu'il nous laisse en paix le plus longtemps possible. Aucun de nous n'a prononcé un mot depuis de longues minutes et nous n'avons jamais autant parlé, lui et moi. Sa boîte noire doit enregistrer un tas d'informations vitesse grand V. Ces petites mécaniques-là sont ultra-performantes.

Qu'il est intense, ce moment où les mots n'ont plus aucun intérêt. Ils ne sont là que pour conclure en beauté.

— Ce que je ne m'explique pas, c'est pourquoi ce con de Philippe n'a rien dit, le soir où je l'ai traité d'ordure.

Un sourire sans malice se dessine sur les lèvres de Richard. Celui de la nostalgie, sans doute.

— Un choix cornélien, pour le pauvre Philippe. Se disculper, c'était me trahir. Il a préféré garder la faute pour lui.

— Le sens de l'amitié poussé jusque-là confine à la connerie, hein Richard ?

— ... Qui sait ?

Il se lève et passe son manteau, le cigare entre les lèvres. Sur le seuil du restaurant, nous nous serrons la main, longuement.

— La prochaine fois, c'est moi qui invite.

— D'accord.

*

On se demande souvent ce que l'on ferait si la chance nous était donnée de lire notre avenir. Je sais aujourd'hui que connaître son passé a quelque chose de bien plus extraordinaire. La peur du lendemain est une plaisanterie comparée à celle de la veille. Et le destin n'est rien qu'un peu de passé en retard.

Je n'ai toujours pas repris le travail depuis deux mois. J'ai raconté n'importe quoi au toubib et il m'a cru : étourdissements, maux de tête, sommeil agité, intense fatigue, tout ça depuis ce terrible accident. J'ai gagné encore quelques semaines et mon patron n'a rien trouvé à redire. Un type du concours Lépine m'a appelé pour me dire que j'étais en bonne place pour le premier prix et j'ai fait semblant d'en être flatté. S'ils savaient, tous, que je suis devenu dépendant d'une drogue dure. Un junkie, voilà ce que je suis. Accro à ma propre psyché et tributaire de mon moi captif. Passionné, aussi, par la somme de révélations sur le drôle de type que je suis. Et j'en veux plus, toujours plus, comme tous les drogués. Je connais pratiquement ces quarante-huit feuillets par cœur. Il m'arrive parfois d'en déclamer des passages entiers, comme le comateux que j'étais, dans les Pyrénées, allongé près de Janine. Victime d'une abjecte copulation entre mon *ça* et mon *surmoi*. Certains mystères se résolvent d'eux-mêmes mais d'autres se refusent à céder, quelques formules restent toujours aussi opaques et me mettent dans des états de rage impuissante. J'ai réussi à en isoler une trentaine comme autant d'énigmes d'un impitoyable sphinx. Certaines me donnent parfois envie de hurler.

... Mon pauvre monsieur Vernier, ça va se jouer au finish, mais j'ai déjà gagné...

... À elles deux, c'était Le Déjeuner sur l'herbe *et* La Chienne andalouse.

... J'imagine bien Bertrand, majestueux et dodu, avec une petite bulle de verre sur le ventre! Quel acteur!...

... Il faut faire grossir le truc de vie de six fois son volume, c'est ça le secret...

Et bien d'autres délires inexplicables. Je ne connais ni les noms ni aucune situation, rien, et tout ça provoque le manque, obsédant, le besoin de savoir. Tout à coup, la sonnerie du téléphone me ramène dans le présent. En maudissant déjà celui qui vient troubler cette intimité avec moi-même, je décroche.

— Comment tu as su?

— Jérémy?

— Comment tu as su, bordel!

— Quoi?

— Le rachat de la Finoil par l'A.C. Group, nom de Dieu!

— ...?

— Un cataclysme! Un raz de marée! Qui t'avait donné le tuyau?

— Je ne sais pas.

— Tu te fous de ma gueule? Si j'avais pu croire une seconde que c'était possible, je serais milliardaire à l'heure qu'il est.

— Je ne connais la Finoil ni d'Ève ni d'Adam. C'est si gros ?

— Gros ? C'est plus un holding, c'est la Bourse à elle toute seule. Avec des tentacules dans tous les secteurs, l'agro-alimentaire, l'informatique, tout, des filiales à ne plus savoir qu'en faire. La Comeco et la Soparep, c'est eux, la N.W.D. aussi, et la...

La National Ware Distribution ! J'y vais tous les quinze jours pour m'occuper de la maintenance de quatre-vingts photocopieurs. C'est sûrement là où j'ai dû imprimer un détail à mon insu, un tout petit détail que ma raison a laissé de côté mais que la boîte noire s'est bien chargée d'archiver. Jérémy ne me croit pas quand je lui dis que je n'en sais pas plus. À quoi bon lui expliquer l'histoire du bloc-notes, de la psychanalyse de Janine et du grand cône blanc. Il me prendrait pour un dingue. Ce que je suis, sans doute. J'ai demandé à mon collègue Pierrot de fouiller dans les fiches de service pour savoir à quand remonte ma dernière intervention à la National Ware Distribution. En juillet dernier, j'ai réparé six photocopieurs, dont celui de la direction générale. La tête de la secrétaire m'est vite revenue en mémoire, une brune au regard coquin qui se lamentait parce que son photocopieur et sa machine à café étaient tombés en rideau le même jour. En ouvrant la bécane, j'ai détecté la panne la plus courante et l'ai réparée en dix minutes. Comme je le fais chaque fois qu'un document reste coincé dans l'appareil, j'ai jeté un œil sur la feuille avant de la balancer dans une corbeille. C'est sans doute par cette lettre confidentielle que j'ai appris le rachat de la Finoil. Une simple phrase qui se serait évaporée dans mon cerveau brumeux si la boîte noire ne l'avait pas gardée.

Mais pour cette piètre victoire sur ma mémoire, je connais mille défaites accablantes qui me rongent un peu plus tous les jours. Ce qui me reste de raison m'exhorte à tout laisser tomber, mais l'autre, la partie immergée, insiste pour réapparaître. Je veux savoir qui est *La Chienne andalouse*, et ce *monsieur Vernier* qui intervient sept fois dans les quarante-huit feuillets. Je veux savoir ce qu'est *le truc de vie* et comment le faire grossir. Et tout le reste, tout ce fatras absurde, mais tellement chargé de sens.

Je veux tout savoir.

Tout.

*

Je note désormais mes rêves sur un petit calepin, à raison de six à sept fois par nuit. Il n'y a pas d'heure pour les drogués. Hélas, la moisson du matin a souvent un air de déjà-vu. Si les rêves sont des émanations de l'inconscient, ils sont encombrés d'un tas de petits détails quotidiens sans la moindre importance, et le tout donne une forte impression de gratuité. Il faut pourtant que je trouve un moyen sûr

et direct d'entrer à nouveau en contact avec la boîte
noire.

J'ai relu *Les Portes de la perception* d'Aldous
Huxley. Ce type-là devait être accro à la boîte noire,
tout comme moi. Il va même jusqu'à préconiser
l'usage de substances bizarres pour les ouvrir, ces
fameuses portes. N'ayant pas l'habitude de consom-
mer ce genre de denrées, j'ai demandé à Pierrot (qui
s'enferme régulièrement dans les toilettes de notre
atelier pour fumer un pétard) de me trouver tout ce
qui est disponible sur le marché pour percer un
tunnel vers mon moi le plus secret. Le bilan de
l'opération a été particulièrement décevant. Les divers joints m'ont écrasé dans le canapé du salon,
des heures durant, avec la désagréable impression d'avoir un trente-cinq tonnes posé sur chaque
genou. Les rails de coke (« pure à 80 % » d'après
Pierrot) ont provoqué chez moi une irrépressible
fureur ménagère, j'ai passé l'aspirateur et briqué
l'argenterie à quatre heures du matin tout en
échafaudant une théorie qui réfutait en bloc New-
ton et Copernic. L'opium ne m'a procuré stricte-
ment aucun effet, la relecture de *Tintin et le lotus
bleu* aurait été bien plus efficace. J'ai terminé en
beauté en avalant cette dose de L.S.D. qui m'a fait
faire n'importe quoi durant une quinzaine d'heures, comme affronter une légion romaine en 3D ou
faire le décompte exact du nombre de molécules
d'hydrogène dans mon bain. Je n'en veux pas à

Pierrot, je n'en veux pas à Huxley, je sais que je poursuis une baleine blanche qui dérive au creux de mes entrailles.

*

— Monsieur Aubier, si vous voulez bien me suivre.

En entrant dans le cabinet de l'hypnotiseur, je pensais trouver toute une bimbeloterie de fête foraine et n'y ai vu qu'un large fauteuil où il m'a demandé de m'asseoir. À la question « que puis-je faire pour vous ? » je n'ai pas su quoi répondre. Je n'ai pu que lui fournir une longue liste de noms propres et de phrases sans queue ni tête en lui demandant de les passer en revue pendant la séance avec le secret espoir que l'un d'entre eux me ferait réagir. Vaguement déconcerté par la liste en question, il m'a expliqué de façon rationnelle toute la rigueur scientifique de son travail mais je n'ai rien voulu savoir.

— On peut tenter l'expérience, mais ce que vous demandez est impossible. Avez-vous essayé la psychanalyse ? Je peux vous donner des adresses.

— La psychanalyse ? Vous ne me croirez sans doute pas si je vous dis que je sais déjà tout sur mon père, ma mère, mes scènes primitives et ma libido. Et ça n'a rien de très folichon. Je veux savoir qui sont monsieur Vernier et les autres. Vous croyez que j'ai vingt ans devant moi pour les faire resurgir un à un ?

Le quart d'heure qui a suivi restera pour moi un moment paisible et agréable, à demi endormi dans ce grand fauteuil. J'ai pu faire le vide pendant de longues minutes et ça m'a fait du bien.

— Désolé, monsieur Aubier, vous êtes un sujet plutôt réceptif mais ce que vous appelez « la boîte noire » a refusé de s'ouvrir. Si un jour, vous y parvenez, faites-le-moi savoir.

Pendant qu'il me raccompagnait à la porte, j'ai sorti machinalement mon paquet de Gitanes et quelque chose d'étrange s'est passé au moment même où j'ai porté une cigarette à mes lèvres. Comme un léger haut-le-cœur.

— Un détail, monsieur Aubier. Dès que vous avez ouvert la bouche, ça m'a fait penser à un cendrier de P.M.U. Pendant votre état d'hypnose, j'en ai profité pour en toucher deux mots à votre « boîte noire ». Vous ne serez pas venu pour rien.

*

À force de me chercher, je suis devenu un autre. Une sorte de flic de l'âme, ou pire, un détective privé qui n'ira jamais au bout de son enquête. Mes souvenirs ne sont que chimères et mon avenir un cauchemar. Parfois je me réveille terrorisé, une image dans les yeux : ma boîte noire attaquée au

burin jusqu'à ce qu'elle cède. Elle saigne et se
cabosse mais rien n'en sort. Je n'avais pas mérité
ça, ma pauvre Janine. Après tout, je n'étais qu'un
simple réparateur de photocopieurs. Je dis *étais*
parce que j'ai perdu mon job. Même Pierrot s'est
lassé de mes questions absurdes (je t'ai déjà parlé
d'une *chienne andalouse* ? Tu connais *Bertrand* ?
Il porte une *petite bulle de verre sur le ventre*). Mon
père me regarde comme un détraqué. Pire, un étran-
ger qui parle une langue inconnue (*Itchi Mitchi Bo*,
je ne disais pas ça quand j'étais petit ?). Je crèverai
sans doute sans savoir qui est *monsieur Vernier*.
Dommage. Je commençais à bien l'aimer. J'avais
fait une petite place pour le loger dans ma tête.
C'était peut-être quelqu'un d'important, qui saura
jamais ?

Ce matin j'ai reçu un lettre du concours Lépine
qui m'informe que j'ai gagné le premier prix. On me
le remettra demain, pour l'ouverture de la Foire de
Paris. S'ils savaient à quel point tout ça est dérisoire.
La seule invention providentielle serait une sorte de
pince crocodile qui relierait la boîte noire à un mo-
niteur quinze pouces. Un jour, peut-être, je mettrai
au point le prototype. J'ai toute une vie pour ça.

*

J'y suis allé comme on va chez le dentiste, en
traînant la patte, sans aucun espoir d'y passer un

bon moment. Cohue, badauds, stands, discours, j'avais attendu cet instant des mois entiers, mais aujourd'hui tout cela n'est que bruit sans fureur et vague décorum. Je suis loin de tout ça. J'ai un grand cône blanc dans la tête.

— Le premier prix est décerné à M. Laurent Aubier pour son photocopieur Polaroid !

Applaudissements. La fumée m'incommode. Le bruit plus encore. Pierrot mériterait ce prix autant que moi, nous l'avons bricolé dans notre atelier à nos moments perdus. À force de photocopier toutes les parties de notre corps comme l'ont fait tous les bureaucrates du monde, l'idée m'était venue de combiner la machine avec un boîtier de pellicule instantanée. Un simple gadget que j'avais réussi à optimiser en améliorant la qualité du cliché et sa duplication à l'infini. Les applications sont insoupçonnables et vont du dessin industriel à la bureautique en passant par le marketing, et même l'art contemporain. C'est Pierrot qui m'avait poussé à le présenter au concours. Tout ce cirque me fatigue, désormais. On me remet le prix, on me tape sur l'épaule et on fait signe au public de faire silence.

— Un prix d'honneur sera décerné à titre posthume au regretté Alain Vernier, mort il y a quelques mois dans un accident de voiture. Vous pouvez l'applaudir.

... Alain qui... ?

— M. Vernier, poursuit-il, était un habitué du concours. Pendant des années il nous a proposé ses inventions qui désormais font partie de votre quotidien. Jamais, pourtant, il n'avait obtenu le premier prix. Rendons-lui hommage ce soir !

Les jambes cotonneuses, je m'assois sur le rebord d'une enceinte. Le public se disperse dans les allées. J'attrape l'animateur par le bras.

— Il s'est passé où, cet accident ?

— Dans les Pyrénées, en octobre dernier. Personne n'a su ce qu'il faisait là, M. Vernier était assureur et quittait rarement la région de Limoges.

Si. Moi je sais ce qu'il faisait là.

*

J'étais une proie, ce soir-là, sur la route des Goules.

Nous savions que nous étions les deux derniers finalistes. Je n'y avais attaché aucune importance, mais lui n'avait pensé qu'à ça.

Il le voulait, ce premier prix, M. Vernier. Après tant d'années, coûte que coûte.

Si, ce soir-là, il avait réussi à me balancer dans le fossé, tout le monde aurait cru à un accident. Et même moi, si Janine ne m'avait donné la boîte noire.

On ne l'ouvre qu'en cas d'accident, après tout.

LA VOLIÈRE

Je vivais à Budapest quand mon oncle m'a appelé
à son chevet. Je ne me doutais pas qu'il voulait mourir dans mes bras. En le voyant se redresser sur son
lit et tendre la main vers moi, j'ai compris que je
n'avais pas fait le voyage pour rien. L'infirmière
nous a laissés seuls, au plus mauvais moment,
mais elle avait le métier pour elle. Ça fait bizarre
de sentir qu'on est une famille à soi tout seul.
J'avais beau être assis là, sur ces draps bleus, mon
cœur et mes pensées restaient en apesanteur, quelque part entre Buda et Pest, entre une chambre meu-
blée et une salle de classe. Pourtant, je l'avais
toujours bien aimé, le bonhomme, ce pour quoi je
me retrouvais là, une main pétrie dans la sienne,
à l'heure où on aimerait tant qu'elle vous guide
en douceur, quelque part par là-bas.

Il m'avait toujours parlé comme à un adulte, et il
n'y a pas de désir de gosse plus fort que celui-là.
Je me souviens même de ce jour où je suis tombé
malade et refusais que quiconque entre dans ma

chambre. Sauf lui. J'avais hurlé de douleur, j'avais dit à quel point tout ça était injuste et que ce monde pourri ne méritait pas qu'on le subisse. Il m'avait répondu que je finirais bien par en trouver une autre, plus jolie encore, et que celle-là mériterait qu'on l'accompagne une vie entière.

— J'ai pas peur, tu sais, me dit le vieux.

— Bien sûr que je sais, tu ne m'as pas appris ça.

— Tu te souviens quand j'attrapais des scorpions derrière les vignes, et que je les encerclais dans une boucle, et que j'y mettais le feu?

— Comme si c'était hier.

— Eh bien, c'est seulement maintenant que je regrette d'avoir fait ça.

Là, je nous ai revus accroupis dans la terre, les yeux rivés sur une de ces petites bêtes prise de folie en se voyant prisonnière des flammes. Ça ne manquait jamais, elle faisait rebiquer son dard vers elle-même et se donnait la mort. C'était beau, c'était horrible, ça me posait tant de questions qui venaient de si loin.

Tout à coup, il a retenu son souffle avant de dire :

— Je veux être enterré près de la volière.

Et sa joue a caressé l'oreiller comme un flocon de neige finit sa chute.

Dis, tonton? T'es mort? C'est bien ça que je dois comprendre? On en a vu mourir, des choses, quand on se promenait dans la lande, toi et moi. Des mouches en hiver, des chats trop curieux, des arbres mal aimés. C'est ça qui t'arrive, hé le vieux ? Tu me demandais : « Le notaire et le curé entrent chez ton voisin, qu'est-ce qui se passe chez le voisin ? » Le voisin meurt.

Aujourd'hui c'est ton tour, et il n'y a ni notaire ni curé, tu n'as jamais rien possédé et tu n'as jamais cru en Dieu. Il ne reste que moi.

Je ne sais pas où tu es désormais, je ne suis pas curieux de le savoir. J'ai envie de te dire qu'on finira bien par se retrouver, mais je n'y crois qu'à moitié. Tu ne m'en voudras pas si je laisse les gens du métier t'enterrer sans moi ? J'aurais l'air de quoi, tout seul dans un cortège funéraire, sans personne avec qui comparer nos douleurs ? J'ai toujours trouvé dommage d'organiser une cérémonie dont le seul intéressé sera absent. Je sais désormais que les soirs où il m'arrivera de douter de l'humanité tout entière, je t'imaginerai, étendu quelque part, en train de rêver à tous les secrets qu'il nous reste à partager.

Étendu quelque part.

Quelque part mais où... ?

Je suis sûr et certain qu'il a dit « Je veux être enterré près de la volière ». Pas *une* volière mais LA volière ! Qu'est-ce que c'est que cette volière, nom de Dieu ! ? Et il n'a pas dit *J'aimerais bien* ou *J'aurais tant aimé*, non, « JE VEUX être enterré près de LA volière ». On ne demanderait pas mieux que de t'enterrer près d'une volière, tonton, mais tu aurais pu me faciliter la tâche ! L'infirmière revient, me fait ses condoléances, me dit des choses définitives sur la vie et la mort, et j'acquiesce bêtement pendant que dans ma tête tournoie un ouragan de volières.

— Dites-moi, madame, il n'y aurait pas dans le coin un pigeonnier ou un truc dans le genre, près d'un cimetière ?

L'infirmière, habituée aux contrecoups émotionnels à l'annonce d'un décès, me regarde d'un air bizarre. J'insiste :

— Vous n'avez jamais entendu parler d'un « cimetière de la volière » ?

— Demandez aux gens des pompes funèbres, ils ont toujours plein de réponses aux questions les plus délicates.

Jusqu'à ce qu'elle dise ça, j'étais persuadé d'avoir fait le plus dur en venant jusqu'ici mais, sans savoir pourquoi, je me suis dit que pour assurer l'éternité à un mourant il ne suffit pas de lui tenir la main pendant un quart d'heure. Je pourrais prendre le vol de demain matin pour Budapest, mes élèves m'attendront sans doute un jour de plus, le temps de tirer au clair cette histoire absurde, juste pour m'éviter les remords que je sens déjà poindre. *Je veux être enterré près de la volière...* Et merde ! Il aurait pu dire des choses plus simples, plus banales, des trucs comme *Rosebud* ou *N'oublie jamais, mon*

petit, que seul le romantisme est absolu, mais pourquoi faut-il qu'un type qui a joué au ball-trap avec
tout ce qui a des plumes veuille être enterré près
d'une volière?...

— Nous, sortis du cimetière municipal... Y a bien
un columbarium au Père-Lachaise, mais c'est uniquement pour ceux qui veulent se faire incinérer.

— Il a dit clairement qu'il voulait être enterré.

— C'est vous qui voyez. Mais d'ici trois jours,
on va bien être forcés de le mettre en bière.

— Trois jours?

— En général, ces choses-là se décident bien
avant l'heure fatidique. Après trois jours, on sera
obligés de suivre la procédure habituelle.

*

Trois jours. C'est tout ce que j'ai pu obtenir du
directeur de mon lycée, voyage compris. Trois jours
pour trouver une volière où faire reposer le tonton.
Il paraît que les dernières volontés d'un mort sont
sacrées. J'ai essayé de compter le nombre d'heures
que le vieux avait passées à mes côtés, patient et
attentif au petit bonhomme que je devenais, et j'ai
largement franchi la barre des soixante-douze. Nous
étions lundi matin, et si je n'avais pas mis la main
sur une volière d'ici jeudi, tonton se retournerait
dans sa tombe pour les siècles à venir sans trouver
le repos.

Le lendemain, je suis allé dans le petit meublé du centre-ville où il avait toujours vécu. L'endroit n'avait pas changé depuis quarante ans, j'y ai retrouvé tous mes petits bonheurs du jeudi, la pâtisserie où je m'empiffrais avec lui de choses énormes, le cinéma où l'on passait des films pour les grands, le café où je le regardais jouer au billard. Sa voisine de palier, une éternelle célibataire, vivait toujours là. Avec les années, elle ne s'était toujours pas décidée à devenir une vieille fille.

— Mais c'est... Jeannot ? Ça me fait drôle... Remarque, à bien te regarder on retrouve les petits yeux espiègles de ton oncle... Quand tu te promenais avec le Louis, on savait jamais qui était le plus voyou des deux.

— Il ne vous a jamais parlé d'une... volière ? Un endroit où il aurait voulu finir ses jours ?

J'ai bien été obligé d'accepter son infusion de romarin, soi-disant que ça l'aidait à réfléchir. Au bout de deux tasses, elle a sorti une goutte de fine pour passer à la vitesse supérieure.

— Ton oncle était un sérieux zigoto. On pouvait s'insulter un jour entier comme des chiffonniers à travers la cloison, le soir il venait partager un Fernet-Branca, et on parlait, jamais de nous, mais du monde entier et de ce qu'il devenait. Pour te dire, le 21 juillet 69, deux heures du matin, on était tous les deux devant la télé, ici même, à l'endroit où t'es assis, pour regarder l'Américain qui a marché sur la Lune.

— Et ma volière ?

— Eh ben... Cette histoire de volière me dit quelque chose. Ça se passait le vendredi. Incapable de te dire quoi, mais c'était tous les vendredis, pendant bien dix ans. Je lui disais « Vous venez voir le western ce soir, m'sieur Louis ? ». Et il répondait « Vous savez bien que le vendredi c'est le jour de la volière ». Il devait être colombophile ou un truc comme ça, y a des amateurs, ça devait s'envoyer des messages dans les pattes des pigeons, allez savoir. Tous les vendredis à dix-huit heures pétantes, son copain Ferré, le garagiste du quartier de la Borne... tu te souviens ?

— Jamais entendu parler.

— Eh ben, le Ferré venait le chercher pour aller à cette satanée volière. Ton oncle revenait tard dans la nuit, et puis plus rien jusqu'au vendredi suivant. C'est tout ce que je peux te dire, mon gars.

Des messages dans les pattes des pigeons... Même si le tonton avait des passions bizarres, cette soudaine affection pour des trucs emplumés paraissait suspecte. Mais la piste avait l'air de suivre son cours. Le soir même, j'ai abouti dans une supérette du quartier de la Borne où jadis se tenait le garage d'Étienne Ferré, vénérable vieillard qui habitait désormais dans une cité dortoir à trois encablures de là. Deux heures plus tard, j'avais trouvé la bonne porte du bon escalier. Une marmaille tonitruante m'a ouvert.

— Tu viens pour l'anniversaire de pépé et mémé ?

Dans le salon, une vingtaine d'individus de tous âges entouraient un gâteau gigantesque où trônait le chiffre cinquante. Étienne et Josette Ferré fêtaient leurs noces d'or. J'ai eu beau jurer que je passais là par hasard, personne n'a voulu me croire. Quand je me suis présenté comme le neveu du Louis, Étienne m'est tombé dans les bras. Il a retenu ses larmes quand je lui ai annoncé que son pote de toujours avait passé l'arme à gauche.

— Tu crois qu'il aurait prévenu qu'il se sentait pas bien ? C'est tout Louis, ça. Faut dire que ces dernières années on se voyait plus beaucoup. On l'enterre quand ?

— Quand, je peux vous le dire, c'est jeudi matin, mais le problème c'est où.

Un gosse m'a servi d'office une part de fraisier. On était encore loin de la saison des fraises.

— Dans un dernier soupir il a insisté pour qu'on l'enterre près d'une volière. D'après ce que j'ai compris, mon oncle et vous fréquentiez un club de colombophiles tous les vendredis soir. Si vous pouviez m'éclairer un peu là-dessus.

Je ne sais pas ce qui s'est passé mais, juste après avoir dit ça, il y a eu une sorte de silence un peu craquant, comme une corde de pendu qui se détend juste après le lynchage. Étienne a blanchi d'un coup et sa canonique épouse l'a regardé avec une lueur de doute.

— Dis donc, Étienne... Le vendredi, c'était pas le soir où tu tapais la belote chez Louis ? Tu revenais même à des heures pas possibles, et dans des états !

— Je suis vieux et j'ai plus ma tête, m'a fait Étienne. Je suis désolé pour ton oncle, mais ce soir mon couple a atteint l'âge d'or et je te souhaite de vivre ça un jour. Sur ce, je te raccompagne, c'est quand même une fête de famille.

Et c'est ce qu'il a fait, le vieux Ferré. En deux secondes il me poussait sur le palier avec une énergie insoupçonnée pour son âge. Avant de me claquer la porte au nez, il a dit :

— Cinquante ans de boulot quotidien pour en arriver là et tu viens foutre la merde juste aujourd'hui avec ta volière ! Remue le passé tant que tu veux mais pas le mien ! La volière... La volière... Va voir du côté de l'Hôtel des Tilleuls, à Granville, mais ne repasse surtout pas pour me dire ce qu'il est devenu.

Il était onze heures du soir. Plus aucun car ne partait pour Granville. Faute de trouver le sommeil dans ma chambre d'hôtel, j'ai réveillé le veilleur de nuit à qui j'ai parlé du Danube jusqu'au petit matin.

*

Vu de l'extérieur, l'Hôtel des Tilleuls avait ce cachet modeste qui n'inspire que les vagabonds et les touristes en sac à dos. Mais dès qu'on passait le

seuil, on se retrouvait dans un petit palace laissé à
l'abandon malgré ses heures de gloire. Des boise-
ries, du velours rouge, un escalier à double révolution soutenu par des atlantes, bref, un vrai décor de
cinéma. On m'a demandé si je voulais une chambre. Malgré une certaine fatigue, j'ai eu le courage
de dire non. Le jeune concierge n'a pu répondre
à aucune de mes questions, l'endroit avait changé
trois fois de propriétaires en trente ans avant d'être
repris par un trust hôtelier. Le gérant m'a dit à peu
près la même chose et personne dans tout le per-
sonnel n'a pu me faire avancer d'un pouce. À force
d'insister, j'ai bien vu que je commençais à fati-
guer tout le monde. J'ai passé un coup de fil au
type des pompes funèbres qui s'apprêtait à clouer
le cercueil de tonton. Pour me laisser le temps de
décider, j'ai pris une chambre à l'Hôtel des Tilleuls.
L'après-midi, j'ai traîné dans le coin en posant
d'autres questions sans réponses, jusqu'à ce qu'un
cantonnier me montre le cimetière, un petit carré
discret bordé d'arbres, à un jet de pierre de
l'hôtel. J'ai trouvé étrange que, dans une gentille
ville comme celle-là, il y ait un hôtel aussi chic pour
un cimetière aussi désuet.

La tête vide, sur les coups de vingt-trois heures,
devant la télé de ma chambre, je me suis affalé dans
la position typique de celui qui vient de passer la
main. J'ai repensé à mon oncle qui, sans être fier de
moi, devait sans doute, de là-haut, rendre hommage

à ma bonne volonté. C'est là qu'on a toqué à ma porte. Un jeune homme avec une tête de conspirateur.

— Je travaille ici, à l'économat. C'est ma grand-mère qui tenait l'hôtel il y a quarante ans. Elle se souvient de votre oncle Louis.

Je l'ai suivi dans la nuit noire et nous nous sommes retrouvés dans un pavillon à la sortie de la ville.

— C'est gentil de faire ça pour moi, rien ne vous y obligeait.

— Faut respecter la mémoire des vieux. Grand-mère, il n'y a plus personne pour l'écouter, c'est comme une honte pour toute la ville. J'aime bien ce que vous faites pour votre oncle.

La grand-mère n'avait pas d'âge, elle vivait dans quelques mètres carrés où elle parvenait à caser tout le bric-à-brac de ses souvenirs.

— Louis Magnaval et Étienne Ferré... À l'époque j'aurais plutôt misé sur le premier, et c'est l'autre qui est resté.

— La volière, ça vous dit quelque chose ?

Elle a laissé échapper un petit rire qui grinçait comme une vieille table.

— Qu'est-ce qu'on vous apprend de la vie, de nos jours ? Une volière, tu sais pas ce que c'est ? Ton oncle t'a pas appris ça ? Un clandé, une taule... ? Non ? Un claque, un boxon... ?

— ... Une maison close ?

— C'était comme ça que les braves gens disaient. Les parents de ceux qui me montrent du doigt aujourd'hui. Les ingrats ! On devrait me donner la médaille du Mérite. Mais, pour comprendre ça, faudrait remonter à l'époque. Tiens, regarde...

Elle a posé devant moi une vieille caisse à champagne remplie de photos sépia. Sur l'une d'elles on la voyait entourée de ses filles, sur une autre un couple dansait près d'un gramophone, sur toutes semblait régner une franche bonne humeur.

— Attends que je retrouve la bonne...

Elle a fourragé un moment dans le tas et, triomphante, m'en a mis une sous les yeux.

Tonton ! Un sourire béat, une guitare entre les mains et un beau brin de fille qui le tenait par les épaules. J'ai repensé à tous ces vendredis qui suivaient de près mes jeudis... Personne chez moi ne pouvait se douter, sinon on m'aurait interdit de le fréquenter, on m'aurait dit que c'était un monstre, et aujourd'hui je serais un autre. Ni meilleur ni pire, mais un autre.

— Le Ferré, c'était le client banal, le tout-venant, un passionné à la petite semaine, on arrive avec une envie folle de faire la fête et on repart avec la honte aux yeux. Ton oncle c'était différent. Il venait en amoureux.

— Pardon ?

— Tu vois la fille à qui il chante une aubade ? C'était l'amour de sa vie. Ah, ces deux-là... Fallait voir... Ça a jamais roucoulé autant dans une volière ! Il la regardait comme un crapaud mort d'amour, elle se faisait un sang d'encre quand il arrivait en retard. Ça a duré dix ans. Et c'est chez moi qu'ils se sont trouvés, on choisit pas.

Elle semblait dire ça avec une bonne dose de fierté.

— Il aurait pu l'épouser, l'emmener avec lui, je ne sais pas... Tel que je connaissais mon oncle, c'était le genre de choses dont il aurait été capable.

— C'est difficile de dire ça aujourd'hui... C'était comme un contrat entre eux et personne n'avait rien à dire. Les pactes entre amoureux, y en a pas deux qui se ressemblent.

— Qu'est-ce qu'elle est devenue ?

— Un beau matin elle est partie sans rien dire, personne n'a su pourquoi. Les années ont passé. Et il y a trois ans à peine, elle est revenue se faire enterrer ici. Tu sais ce qu'il te reste à faire.

*

Je l'ai reconnue tout de suite. Sur sa tombe, on avait placé un médaillon avec son portrait. Un beau visage de jeune femme qui souriait. À n'en pas douter, c'était à mon oncle Louis. Personne n'a fait de difficulté pour les faire reposer côte à côte. Les pactes entre amoureux, y en a pas deux pareils.

Et je suis rentré à Budapest avec l'irremplaçable bonheur du devoir accompli. Dans les mois qui se

sont écoulés, j'ai failli cent fois raconter l'histoire
de mon oncle Louis, mais il aurait fallu commencer
par le début, depuis la première fois où il a posé les
yeux sur moi jusqu'au moment où j'ai fermé les
siens, et je ne connais personne doté d'une telle
patience.

Dans un bar de Szeged, au moment où je m'y
attendais le moins, j'ai rencontré Anna. J'ai tout
de suite reconnu en elle « celle qui méritait qu'on
l'accompagne une vie entière » comme disait tonton
pour consoler le jeune adolescent qui léchait ses
premières plaies d'amour. Je me suis promis de
ne la quitter qu'un seul jour par an. À la Toussaint.

Faire l'aller et retour pour un pot de chrysan-
thèmes ? Tonton n'en demandait pas tant. Je suis
resté un bon moment devant sa tombe, le regard
perdu entre l'Hôtel des Tilleuls qu'on apercevait
au loin, et la légère effervescence des cimetières le
1er novembre. C'est là qu'une femme d'à peu près
mon âge est venue se recueillir sur la tombe qui
jouxtait celle du Louis.

Sans faire attention à moi, elle a posé son bou-
quet de fleurs, jeté l'ancien, et donné quelques coups
de balayette pour rectifier les angles de terre. J'ai
eu un petit pincement au cœur quand j'ai reconnu
quelque chose de familier dans son visage. Sûrement les petits yeux espiègles dont parlait la voisine
de tonton.

— Vous n'êtes pas du coin, j'ai dit.

— Non, j'habite Paris. Je n'ai jamais su pourquoi maman a voulu être enterrée ici.

— Je m'appelle Jean.

— Je m'appelle Louise.

— J'ai une histoire à vous raconter, Louise. Et vous au moins, je suis sûr que vous aurez la patience de l'écouter.

UN TEMPS DE BLUES

Trempé comme une soupe. Pas la petite ondée qui mouille sans le faire exprès, non. L'instant est tropical. Une tempête qui vient de si loin qu'elle déracine les passants et inonde les trottoirs. Je sais qu'elle m'est destinée, la vie ne me laisse jamais en paix. Les gens autour de moi ouvrent des parapluies, trouvent des porches et des encoignures de café. L'enseigne éteinte d'un bar m'attire étrangement sur le trottoir d'en face. Je pensais bien connaître cette rue par cœur. La pluie ne sert qu'à faire déraper de sa trajectoire habituelle. Je vais m'accorder un petit quart d'heure, rien qu'à moi, avant que le monde ne se remette en marche.

Du vieux bois, des bouteilles ambrées, du silence. Mon imper qui ruisselle sur le perroquet de l'entrée. Un long comptoir où je suis seul. Un tabouret. Un couple, au loin, qui boit de la bière en parlant à voix basse. Un serveur impassible et lent.

— Vrai temps de chien, hein ?
— Je voudrais un bourbon, sans glace.

Un juke-box, dans un coin. Ça existe donc encore. Ça marche avec des pièces ? Peut-être montre-t-il des images, comme les scopitones d'antan. Apparemment non. Hasard ou connivence, le serveur sélectionne un morceau et me regarde. Je crains que ses goûts ne viennent troubler mon quart d'heure de solitude. J'avale une gorgée de bourbon qui me réchauffe la carcasse plus vite que tout le reste.

Pregherò... ! Per te... che hai la notte nel cuore...

Stand by me chanté par Celentano. Ça ne va pas me rajeunir mais le pire est évité. J'ai toujours aimé la voix de Celentano, même quand il se risquait à reprendre un standard américain. La mélodie me fait faire un bond en arrière, à l'époque où l'âge d'homme tardait à venir.

C'était il y a plus de vingt ans. Ils allaient voir ce qu'ils allaient voir, tous. Quelque chose allait bien finir par arriver. J'étais un type exceptionnel. Je le savais. J'avais réussi à en convaincre certains. Il ne me restait plus qu'à attendre que ça vienne. *Stand by me... Ohooo Stand by me...* C'était langoureux, un poil ridicule, mais on aimait ça. En attendant les grandes heures de notre vie, on chantait. Des heures qui tardaient à venir, mais on avait tout le temps. Malheur à celui qui doute, il est déjà en train de fléchir ! Honte à celui qui se soumet ! On allait lui en faire baver, au reste du monde. J'étais plutôt beau gosse et les filles m'écoutaient pérorer. Plage, révolution et soutien-gorge. *Stand by me... Ohooo Stand by me...* Les grandes heures tardaient à venir. Et lentement, sans que je m'en aperçoive, j'ai commencé à dire oui à tout.

Le couple, là-bas, se regarde sans mot dire. Amoureux. Celentano les inspire, ces malheureux.

J'ai dit oui à tout, même au temps qui passe. À la longue, même lui vous fait comprendre qu'il peut très bien se passer de vous. J'ai dit oui sans trop le faire entendre. Des petits oui, une longue série de petits oui qui m'ont conduit jusque dans ce bar minable. Comment ai-je fait pour oublier des êtres chers sur l'autel du sacrifice ? *Stand by me... Ohooo Stand by me...* Pourquoi ai-je dit oui à celle qui le voulait bien plus que moi ? Pourquoi ai-je voulu que mes enfants me ressemblent ? Aujourd'hui, je ne sais plus à quoi ils ressemblent. Ils ne me voient plus. Ils ont le courage que je n'ai pas eu au même âge. Pourquoi est-ce que je me force à trouver mes collègues aimables ? Pourquoi ai-je laissé cette maladie imbécile s'installer dans mon pauvre estomac ? *Stand by me...* De la jérémiade, ni plus ni moins. En italien, c'est encore pire qu'en anglais. « Pregherò per te... » Personne n'a prié pour moi, personne ne prie jamais pour personne, pourquoi les chansons nous feraient-elles croire à des mensonges ?

La pluie ne cesse pas mais le morceau si. Il était temps. Je suis aussi minable que ce bar. Je demande un autre verre. Dans cinq minutes, que je le veuille ou non, je serai dehors. J'avais droit à un quart d'heure, pas plus. Et ce crétin de serveur m'en a volé la moitié, avec son juke-box. Et le voilà qui remet ça. Lui aussi m'en veut. Il a décidé de me chasser. Allez savoir pourquoi. Qu'est-ce qu'il a trouvé pour me mettre dehors ? Une variété sans âme ? Un concerto de Brahms ? Une chanson réaliste ? Tout est possible, ici.

I woke up this morning...

Un blues ? Ça y ressemble. Des strings de guitare, râpeux et métalliques. Encore l'histoire d'un type à qui il est arrivé plein d'emmerdements depuis le réveil. Pourquoi persistent-ils à vouloir sortir du lit, tous ? À quoi bon s'entêter ? Ça ne risque pas de s'arranger. Et chaque matin sera plus pénible que la veille. Je le sais. Je le sens. La première moitié était déjà lassante, celle qui me reste à parcourir va me demander un courage que je n'ai jamais eu. La voix de ce type est chaude et dense, malgré tout. Il me fait penser à un vieux sage indien nostalgique de la grande nation qu'il guidait. Le goût du bourbon n'en est que meilleur, sans doute une histoire de racines, de terroir. C'est la vodka du tzigane. *I woke up this morning...* Quand je me suis levé ce matin, je ne pensais pas qu'il pleuvrait autant.

Je me souviens de l'époque où je savais arrêter la pluie. Comme un sorcier sioux, mais à l'envers. Les gens ne me croyaient pas et, pourtant, ils finissaient

par le reconnaître. J'ai même gagné des paris. On ne
me croirait plus si je le racontais. Il suffisait que je
me concentre un peu, seul, et la pluie cessait tout à
coup. Combien de filles ai-je épatées avec ce truc.
Je ne sais même plus s'il y avait un truc. J'y croyais
fort, c'est tout, et ça marchait. J'ai rendu le soleil à
tout un village qui n'y croyait plus. J'avais oublié
ça.

Le serveur me verse un troisième verre sans que
je le lui demande.

— C'est celui de la maison.

Je le remercie d'un sourire. La seconde moitié
sera dure. Mais pourquoi ne pas la faire, après tout ?
Pourquoi se priver de ça ? Et qui sait. Je connais
mieux la musique, désormais. Je ne serai jamais un
virtuose, mais je peux me jouer quelques solos, pour
le plaisir. C'est peut-être ça qu'il faut comprendre.
Apprendre la gamme, longtemps, patiemment, pour
pouvoir en jouer, plus tard. Le bourbon m'emmène
ailleurs, chez ce type qui fait la longue liste des
misères de la journée. *I woke up this morning...* S'il
ne s'était pas levé ce matin, il n'aurait pas écrit une
si belle musique. Il n'y a pas que les gens doués, en
ce bas monde. Il y a aussi les laborieux, comme
moi. Ceux qui n'ont pas fait grand-chose mais qui
ont de la mémoire. Et peut-être que si... que si je me
concentrais, là, un instant, en fermant les yeux...

— Je vous parie un autre bourbon que la pluie
va cesser dans moins de deux minutes.

Le serveur me regarde, un sourire en coin.

— Vous plaisantez, les gouttes sont encore grosses comme des verres de whisky.

— Vous pariez ou pas ?

Il regarde sa montre et me donne le top. Le jukebox se tait. J'ai les yeux crispés, fort.

Quand je les ouvre, le serveur, un pan de rideau en main, regarde dehors. Il se retourne vers moi, éberlué.

Je me lèverai demain.

TRANSFERT

Dans une vie de couple, il y a toujours un matin où l'autre vous regarde avec une petite lueur de doute au fond des yeux. De doute ou d'autre chose. Et cet autre chose a quelque chose d'hypnotisant. Pour la première fois, on perçoit une inquiétude chez celui ou celle qui, jusqu'alors, partageait avec vous cette douce et routinière insouciance. Ce que vous ne savez pas encore, c'est que *vous* êtes ce sujet d'inquiétude.

— Tu as bien dormi, Minou ?

Minou c'est Catherine, la femme de ma vie, je l'ai épousée il y a douze ans. Elle se plaint depuis longtemps d'avoir les fesses qui tombent et cherche à m'en persuader, mais je ne note aucune différence. Entre amis, elle a parfois l'impression de ne pas être à la hauteur dans certaines conversations, et elle a tort. Quand ça lui prend, elle se demande si nous avons fait les bons choix de vie, et je n'en imagine pas d'autres. C'est pour toutes ces raisons que j'aime Catherine. Je n'ai guère qu'une

seule chose à lui reprocher : mes cinq secondes
d'avance sur elle. Cinq éternelles secondes.

— Tu veux combien de toasts, Minou ?

— Un seul.

Je lui en fais griller deux, parce que, ce matin,
nous avons de la confiture d'airelles. Avec l'abricot
ou l'orange, elle ne prend effectivement qu'un seul
toast, mais avec l'airelle, elle va se laisser tenter
par un second, elle ne le sait pas encore, mais moi
si. Les voilà, les cinq secondes d'avance. Je suis
capable de terminer la plupart des phrases qu'elle
commence. Dans un magasin, j'arrive à repérer
l'objet qui va immanquablement attirer son regard.
Quand nous faisons l'amour, je peux déterminer
la seconde exacte où elle va vouloir changer de
position. Je sais qu'elle va utiliser l'adjectif *curieux*
chaque fois qu'elle goûte au sorbet gingembre, et
volubile quand elle croise un bavard. Elle ne rencontre jamais personne de loquace, de prolixe ou de
verbeux, mais que des gens *volubiles*. Je sais toujours quel soutien-gorge elle porte sous sa robe gris
perle.

— Je me ferais bien une deuxième tartine de
confiture, moi !

Si je lui conseille un film que j'ai vu, je note
sur un bout de papier les trois ou quatre arguments
qu'elle va utiliser pour l'encenser ou le descendre.
Jamais je n'ai sorti le papier de ma poche pour lui
prouver à quel point elle m'est prévisible, j'imagine

trop bien la scène qui s'ensuivrait et sa manière de
me le faire payer. Catherine est comme ça. Tout le
temps. Si l'on imagine, par exemple, le petit déjeuner que nous prenons en ce moment même, je
sais, grâce à un léger calcul de paramètres (samedi
matin, beau temps, coup de fil de sa sœur hier soir),
qu'elle va vouloir me reparler de cette semaine pré-
vue dans les Landes, où sa sœur nous invite depuis
des mois. Pour ce faire, elle va vouloir m'appâter
avec une partie de pêche.

— Tu sais, mon amour, à nos âges on devrait
plus se laisser aller, prendre le temps de se retrouver, s'occuper de soi. Toi, par exemple, tu en as vraiment besoin, en ce moment.

— C'est pas bête ça, Minou. Qu'est-ce que tu
suggères ?

— Une psychothérapie.

— ... ? Tu peux répéter... ?

— Tu devrais faire une psychothérapie.

Je crois que c'est la première fois en douze ans
qu'elle prononce ce mot. Elle vient de me faire un
sourire grave que je ne lui connaissais pas.

— ... Et tu me dis ça comme ça, de but en
blanc, après douze ans de mariage, entre deux
tartines ?

— J'ai attendu longtemps avant de t'en parler
mais, ce matin, le moment est venu.

... Qui est cette femme, en robe de chambre, qui
me fait face ?

— Ça fait des mois qu'on ne se parle pratiquement plus, tu es maussade, tu n'as plus goût à rien, même les enfants finissent par le sentir, et ça leur fait peur.

Maussade ? Pourquoi n'a-t-elle pas utilisé *morose* ?

— Ils t'en ont parlé ?

— Tous les deux.

— ... ?

— Lorsque tu as eu ton malaise, l'année dernière, on a fait tous les examens possibles, et Dieu merci tu n'avais rien qu'un peu de surmenage. Nous n'avons pas de gros soucis, à moins que tu ne me caches quelque chose ?

Je ne lui cache rien, et n'ai aucun mal à l'en convaincre.

— Donc tu gardes sur le cœur des choses sans même t'en rendre compte. Il faut que tu te confies à quelqu'un. Ça peut s'arranger plus vite qu'on ne le croit.

Est-ce bien ma Catherine qui parle, celle que je connais mieux qu'elle-même ? Celle qui pose sa tête endormie sur mon épaule à la seconde où j'éteins ma lampe de chevet ? Celle qui se contorsionne en sortant de voiture, de peur qu'on n'aperçoive ses cuisses ? Celle qui oublie systématiquement ses clés sur la boîte aux lettres quand elle reçoit un avis de recommandé ? Est-ce bien la même ? Si elle a décidé de me prendre à contre-pied une bonne fois pour toutes, si elle veut me prouver qu'elle est bien plus imprévisible que ça, elle ne peut pas mieux trouver que cette histoire de psychothérapie. Moi, une psychothérapie ? Où est-elle allée chercher une idée aussi saugrenue ?

— Dis donc, Minou, tu n'aurais pas revu ta copine Françoise ?

— Bien sûr que non.

— Tu as feuilleté *Le Nouvel Observateur*, chez les Moreau ?

— Au lieu de raconter n'importe quoi, pense à ce que je t'ai dit, tu peux trouver quelqu'un de bien si tu y mets du tien.

Est-ce bien toi, ma Catherine ?

*

— Tu as été odieux avec les Moreau.

— Pas plus que d'habitude, Minou.

— Et ne te fous pas de moi, en plus !

— Je les aimais bien avant qu'ils achètent cette baraque dans le Perche. Ils ne nous ont pas fait un ramdam pareil quand ils ont eu leur premier gosse.

— Dis plutôt que tu t'es senti remis en question quand Jacques a parlé de son analyse.

— Quoi ? !

— Il a le courage que tu n'as pas.

— Tu ne vas pas remettre ça, non ? Il est deux heures du matin, je vais tourner comme un dingue

avant de trouver une place, et j'ai envie d'aller me
coucher.

— Il s'en est sorti, lui. Jeanne m'en a parlé, dans
la cuisine. Il n'est plus dépressif pour un oui ou pour
un non. Il a consulté, et ça lui a fait un bien fou.

— C'est pas le moment !

— Tu as vu la manière dont tu me réponds ? Tu
n'étais pas aussi irritable avant. Chaque jour tu es
un peu plus à cran.

— Non, je suis à cran chaque fois que tu me
parles de cette psychothérapie à la con.

— Parce que ça te renvoie à une évidence que tu
persistes à nier.

— Si quelqu'un a besoin de consulter dans cette
voiture, c'est toi ! Fais-la, cette psychothérapie, si
pour toi c'est la clé du bonheur !

Normalement, après une phrase pareille elle devrait hausser les épaules, mais elle ne le fait pas.

— Voyons les choses autrement. Quand tu as mal
aux dents, tu vas chez le dentiste ?

— Oui.

— Eh bien, si tu as des angoisses tu vas chez un
psy, c'est exactement pareil, ils sont là pour ça. Ce
sont des spécialistes comme les autres.

— Mais je n'ai pas d'angoisses, nom de Dieu ! ! !

— Hausser le ton sur sa femme pour la première fois en douze ans, c'est le signe d'une
angoisse, faire la gueule matin et soir, c'est le signe
d'une angoisse, trimballer un complexe d'échec c'est

le signe d'une angoisse, la peur d'aller en parler à un psy, c'est le signe d'une angoisse, et j'en ai plein d'autres.

— Un complexe d'échec ?

— Ne jamais vouloir se battre, et surtout pas contre soi-même, considérer que le combat est perdu d'avance, tu appelles ça comment ?

— ...

— ...

— Monte, Minou, je vais garer la voiture tout seul.

*

Aujourd'hui, au bureau, j'ai été pris de nostalgie en pensant à Minou. La Minou d'hier, celle que j'attendais à tous les carrefours de notre vie, celle qui tissait notre quotidien avec la patience et le talent d'une dentellière. Cette Catherine qui vit sous mon toit est un être surprenant, sauvage, elle me bouscule et se dérobe, et il m'est devenu impossible d'anticiper ses réactions. Il n'y a qu'un seul sujet que je vois venir de loin. Et encore, pas toujours.

— Dis, chéri, tu penses à la fête de l'école, samedi.

— Bien sûr.

— Il faut être là à dix heures au plus tard, c'est l'heure où Julien fait son sketch avec le petit Clément.

— Un sketch, le petit Clément ? C'est pas son copain qui bégaie ?

— Il ne bégaie plus depuis que sa mère l'a emmené voir un psychothérapeute. En trois séances c'était réglé.

— Pas ce soir, Minou...

— Ça fait des mois que ça dure, on ne peut pas continuer comme ça ! Tu fais tout le temps la gueule, tu n'es jamais là même quand tu es là, rien ne t'intéresse, tu ne me vois plus, j'ai l'impression d'être transparente, je ne t'ai jamais connu comme ça. Tu veux que je te dise ? Tu fais une dépression. Et le pire, c'est que tu le sais.

Je m'assois, pris de faiblesse. Je ne devrais pas, c'est comme avouer qu'elle a raison.

— Oui, une DÉPRESSION, je sais que c'est un mot qui te fout la trouille mais il faut que tu l'admettes, sinon ça ne s'arrangera jamais. C'est une maladie comme une autre, ça se soigne. Quelque chose te rend malheureux, on va trouver quoi. Si tu ne veux pas le faire pour toi, fais-le pour nous.

Elle me pose la main sur l'épaule. J'ai envie de hurler mais les enfants dorment dans la pièce à côté.

— Tout ce que je veux, c'est te voir heureux.

*

En quittant l'immeuble, je jette un dernier coup d'œil à la plaque : *François Régent. Psychiatre.*

Psychanalyste. Je ne sais même plus comment j'ai eu son adresse. Mon généraliste, sans doute. Ou Jean-Luc, mon collègue. Peu importe. Catherine m'attend, appuyée contre le capot de la voiture, elle jette une cigarette dans le caniveau quand elle me voit et sourit.

— Ça s'est passé comment ! ?

— Démarre.

J'ai accepté ce rendez-vous parce qu'il me terrorisait. Raison suffisante pour voir ce qu'il y avait derrière. Ai-je donc tant de choses que ça à me cacher ? Je n'ai jamais eu peur de rien, avant aujourd'hui.

— Alors, raconte !

Le docteur Régent m'a fait asseoir dans un fauteuil en vis-à-vis du sien, et le quart d'heure le plus pénible de mon existence a commencé.

— Tu savais, Minou, qu'il y avait soixante secondes par minute ?

— ...? Je l'ai appris à l'école...

— Tu l'as appris, mais tu n'en as aucune preuve tangible. Tu n'as jamais *éprouvé* ces soixante secondes, tu n'y as jamais survécu. Et quarante-cinq fois soixante secondes, c'est un peu plus que l'éternité.

— Mais qu'est-ce qui s'est passé pendant cette éternité, nom de nom !

— Du silence. Uniquement. Et des yeux. Fixes. Sur moi. Un petit sourire de temps en temps, on se

demande bien pourquoi. Et à nouveau beaucoup de
silence. On ne sait pas si on va en ressortir vivant.
Plus jamais je n'oublierai ce regard-là de toute ma
vie.

— Tu m'as déjà dit ça du précédent.

— Le précédent voulait me voir tous les jours
pendant un an ou deux. Ensuite il aurait consenti à
descendre à trois séances par semaine. Autant aller
directement à Sainte-Anne.

— Et le tout premier ?

— Le tout premier c'était une femme.

— Qu'est-ce que ça change ?

— Comment « qu'est-ce que ça change » ? Tu
me vois parler de ma vie intime à une femme ? Lui
raconter mes fantasmes ?

— Qu'est-ce qu'ils ont de spécial, tes fantasmes ?

— C'est des trucs de garçons, ça. Qu'est-ce qu'elle
pourrait bien y comprendre ?

— C'est quoi ces fantasmes de garçons qu'on ne
peut pas raconter à une femme ? C'est inavouable ?
Des choses que tu ne peux pas vivre avec moi, c'est
ça ? Je ne suis pas à la hauteur ? Mais vas-y, parle !

*

Tout surcroît de travail est désormais le bien-
venu, je ne rentre jamais à la maison avant vingt-deux
heures. Le samedi, le moindre prétexte est bon pour

la fuir. Le dimanche, je suis prêt à accepter n'importe quelle invitation pour que Catherine et moi
ne restions pas en tête à tête. Les rares fois où ça
nous arrive, nous ne parlons plus que de *ça*. Je vais
finir par croire qu'elle a raison. Je suis d'une humeur
exécrable, je n'ai plus goût à rien, et quand je rentre,
le soir, je n'ai pas même un regard pour les miens.
Le mot est terrible mais je suis bien forcé de l'ad-
mettre : je fais une dépression. Même Jean-Luc,
mon collègue, s'en est aperçu.

— Il est tard, tu devrais rentrer, te décapsuler
une bière et te passer un film des Marx Brothers.

— Pas envie.

— Rentre chez toi, Catherine t'attend, j'irai moi-
même chez l'architecte lui déposer le dossier.

— Non j'y vais. Avec un peu de chance, elle
dormira quand je rentrerai.

Est-ce ma faute si je suis terrorisé à l'idée de
parler de moi à un inconnu, quitte à me rendre plus
malheureux encore ? Catherine veut que je m'inter-
roge sur la violence d'un tel refus et je ne sais plus
quoi penser ni comment faire pour sortir de cette
spirale. On devrait former des spécialistes de la peur
de l'analyse. Des gens qui vous écouteraient, bien-
veillants, des années s'il le faut, pour un jour vous
libérer de cette angoisse.

*

Le porche d'un vieil immeuble. Le dossier ne rentre pas dans la boîte aux lettres de l'architecte, il n'y a pas de concierge. Je cherche l'interphone « Ronsart ».

— Je vous apporte le dossier Guyancourt.

— Je vous ouvre, c'est au troisième !

Dix minutes de gagné, c'est toujours ça de pris. Hier, j'ai traîné une bonne demi-heure au café pour être sûr qu'elle ait fini de dîner. Je n'ai plus faim de rien et le face-à-face n'en est que plus pénible.

La porte s'ouvre, une silhouette apparaît.

Des boucles rousses qui entourent l'ovale d'un visage d'une douceur inouïe.

Accélération du rythme cardiaque.

— J'ai honte de vous avoir fait monter jusqu'ici, entrez une seconde. Vous êtes bien Jean-Luc ?

Bouffée de chaleur. Frissons dans la nuque. Tempes qui battent.

— ... Non, son collègue, Alain, mais je travaille sur le même dossier. Et vous, vous êtes... l'architecte ?

— Je n'en ai pas l'air ?

Elle me tend la main, que je serre, viril, empoté.

Estomac vrillé. Jambes cotonneuses. J'entre dans le vestibule, le dossier me glisse des mains, je le rattrape de justesse.

— Je vais y passer la nuit, il faut absolument que j'en parle demain matin au conseil régional.

— On n'a pas pu avoir le rapport de Gaillac plus tôt, désolé.

— Je sais bien que ce n'est pas votre faute. C'est déjà tellement gentil d'être venu jusqu'ici. Je prenais un petit apéritif, ça vous tente ?

*

Il y a des gens que l'on a toujours connus et qui sombrent dans l'oubli dès qu'ils disparaissent du paysage. Je viens de quitter Élisabeth depuis dix minutes et je vais devoir me forcer à faire comme si elle n'avait jamais existé. Nous avons pris un verre de bourgogne, parlé un moment, elle, assise sur un bras de fauteuil, la jupe légèrement relevée à mi-cuisse, et moi, l'air emprunté dans ma veste en tweed, essayant de passer pour un garçon brillant. J'aurais donné un an de ma vie pour sentir son parfum de près. De tout près. Le pire dans tout ça, c'est qu'il y avait, dans son attitude, un peu plus que de la simple politesse. Pour en être sûr il m'aurait fallu aller bien plus loin que ce verre de bourgogne et je ne saurai sans doute jamais si quelque chose en moi lui a plu. On se demanderait bien quoi, avec la tête que j'ai depuis des mois.

— Tu rentres encore plus tard que d'habitude.

Je ne sais pas quoi répondre et me tais, donc.

— Je t'ai laissé une assiette dans la cuisine.

Élisabeth, tu n'auras été qu'un rêve qui se dissipe déjà dans le brouillard filandreux d'un Valium de 150 milligrammes. Un plat de lapin encore tiède m'attend sur le plan de travail. Catherine, triste et douce, me passe la main dans la nuque. Il paraît que nous n'avons droit qu'à une seule femme de sa vie, et c'est sans doute elle.

— Tu m'aimes, Alain ?

— Oui.

— Et mon lapin, tu l'aimes ?

— Oui.

Petit baiser furtif et complice.

— Tu sais, chéri, pendant que je faisais la queue chez le volailler, j'ai entendu une femme raconter comment elle était sortie de sa dépression. Ça faisait plaisir à voir, elle disait que...

J'éclate en sanglots, sans prévenir.

Catherine me prend dans ses bras.

— Tu vois bien, mon amour. Il faut que tu trouves quelqu'un, chez qui tu te sentes à l'aise, quelqu'un de bien.

J'ai pleuré un bon moment, comme un gosse, et je me suis calmé d'un seul coup, comme par miracle. En sortant un mouchoir, j'ai dit, apaisé :

— C'est toi qui as raison depuis le début, Minou.

*

Établissement Legrand. Graveur. Un ouvrier travaille sur une machine. Celui que je prends pour le patron, plus âgé, s'approche de moi.

— Bonjour monsieur, je voudrais une plaque comme celle-là.

— La plus classique, c'est en doré, mais j'ai d'autres modèles. Vous avez une préférence pour la typo ?

— Non, je veux exactement la même chose.

— Quel nom j'inscris ?

— Heu... mettez *Professeur Guyancourt. Psychanalyste. Sur rendez-vous.*

Tout à coup, le patron lance un regard méfiant vers son ouvrier et passe sa main sous mon bras pour m'entraîner dans une arrière-salle.

— Dites, professeur... J'aurais besoin d'un conseil.

Il baisse encore d'un ton. Impossible de comprendre ce qui se passe.

— On peut tout vous dire, à vous, c'est votre métier.

— ...?

— Je fais le même rêve, au moins deux fois par semaine, depuis un an. Je suis avec ma femme sur un Grand Huit, dans une fête foraine. Moi je suis habillé comme d'habitude, mais elle, elle porte sa robe de mariée. Elle a peur du vide, alors elle hurle, et moi, je me retourne et je vois derrière nous deux espèces de clowns blancs qui se foutent de nous, de ma femme et moi. C'est à ce moment-là que j'ai des palpitations, et les rails du Grand Huit se dévissent et on est tous projetés dans le décor, et je hurle encore plus fort qu'elle. Je me réveille en sueur, complètement terrorisé. Après ça, essayez donc de vous rendormir. Ça fait un an que ça dure. Je n'en peux plus et ma femme non plus ! Qu'est-ce que vous en dites, professeur ?

— À chaud, c'est difficile.

— Le Grand Huit ? Les clowns ? La robe de mariée... ? Qu'est-ce que ça peut vouloir dire, professeur ?

— Quand puis-je venir chercher la plaque ?

— Pas avant mercredi.

— Je vous donnerai l'adresse d'un confrère, j'ai une liste longue comme ça.

*

— Tu n'étais pas obligée de m'accompagner, Minou.

— Oh toi, je te connais. Tu vas trouver un tas d'excuses pour ne pas y aller, tu serais même capable d'oublier, ça s'appelle un « acte manqué ».

— Elle veut me voir trois fois par semaine, au moins au début. Tu tournes à droite, là, et on y est.

— Les premiers temps je t'accompagnerai à chaque séance, pour une fois que tu trouves quelqu'un qui te convient.

— Comme tu veux, Minou.

Elle s'arrête au bas de l'immeuble, juste devant

la plaque du Professeur Guyancourt qui brille en lettres d'or. Elle m'embrasse sur le front.

— Vas-y, je t'attends, ne crains rien.

Je sors et lui fais un petit signe de la main avant de passer la porte cochère.

— Et sois à la hauteur, hein !

Je grimpe quatre à quatre les marches qui mènent au troisième, Élisabeth m'a entendu arriver et m'ouvre les bras. Nous basculons à terre tous les deux, nous nous battons pour arracher nos vêtements, nos corps roulent jusqu'à la baie vitrée du balcon, je la relève et lui plaque le dos contre la vitre, je ne peux pas résister à l'envie de la prendre là, debout, face au ciel de Paris.

— Et ta femme, elle ne se doute de rien ?

Je retiens un dernier instant toute la fureur de mes sens pour jeter un œil en bas de l'immeuble. Catherine est là, une cigarette au bec, appuyée contre le capot.

— À vue de nez, je dirais non, ma belle

LA PÉTITION

Il a entendu ce gosse chialer, au loin, dans les cellules du quartier E. Pendant tout le temps qu'a duré la plainte, longue et lancinante, mêlée de ressacs de colère, José Famennes s'est souvenu de ses toutes premières minutes dans ce trou, quand il avait encore lui aussi la force de pleurer. Les pleurs n'étaient en fait que le signe d'un léger mieux, comme un retour en surface après s'être vu noyé, incapable de remonter en apnée dans le tourbillon des murailles. Les pleurs, c'était une longue plage d'où l'on dérive avec langueur, accroché à la chaîne du bat-flanc, jusqu'à se retrouver, sans s'en rendre compte, au beau milieu de l'océan. Et puis le gosse a fini par se taire, comme tous les autres.

José Famennes n'aurait pu s'endormir avant.

En ce bas monde, certaines rencontres ne se font jamais. Un priapique ne rencontre pas de nymphomane, un anonyme ne rencontre jamais les sosies dont tout le monde lui parle, un athée ne rencontre

pas Dieu dans une guerre de tranchées, un para-
noïaque ne rencontre pas la cohorte d'espions qui le
traquent, et un bureaucrate mal noté n'aura jamais
la chance de rencontrer son patron sortant d'un hôtel
borgne.

Mettez ça de côté un instant et imaginez que je
fais des reportages pour une petite radio parisienne
qui n'a même pas de nom, tout le monde l'appelle
99.1, même nos rares auditeurs. Imaginez-moi, Alain
Le Guirrec, en train de quadriller la ville à la recherche d'un sujet décent, ou d'une simple interview, et vous serez en deçà de la vérité. La vérité,
c'est que je passe mon temps à faire causer des
semi-vedettes aussi vides que leur agenda, et des
gens pas plus doués que tout le monde qui n'ont pas
plus de choses à dire. Si je devais résumer l'année
en cours, je dirais que mes plus gros coups sont
une interview de la dernière recrue du Crazy Horse
Saloon, celle d'un poète hongrois qui refusait une
question sur deux, et celle d'un crétin de gymnaste
dont il vaut mieux taire le nom. Maintenant reve-
nons-en à cette histoire de rencontres impossibles et
vous comprendrez qu'un minable journaliste dans
mon genre ne peut compter que sur un miracle pour
décrocher son quart d'heure de grâce. Vous me croirez si je vous dis qu'il a suffi d'un simple coup
de fil, au bon endroit et au bon moment, pour
que l'attachée de presse de l'acteur Harrison Ford
m'accorde, contre toute attente, quinze minutes de

son temps, sur le plateau du film qu'il tourne à Paris ? Harrison Ford soi-même ? Trouver une explication à un phénomène aussi invraisemblable n'a rien de facile et n'incite pas à la gloriole. La dame avait dû mal entendre mon nom ou confondre ma radio avec une autre, mais le rendez-vous était pris et rien ne pouvait plus m'empêcher de faire cette interview, celle pour qui se damnerait la moitié des journalistes de la place, celle qu'attendait la totalité du public. À 99.1, ç'a été une petite révolution. M. Bergeron, le patron, m'a regardé pour la première fois comme un vrai professionnel, un garçon brillant et plein d'avenir qui jamais ne devait oublier qu'il m'avait donné ma chance. Toute la nuit durant, j'ai révisé la filmographie de la star, revu quelques passages choisis parmi ses plus belles prestations, et mis au point des questions qui me semblaient bien plus originales que ce qu'on avait fait jusqu'à présent. Sans aucun doute, Harrison Ford se souviendrait longtemps de notre entrevue, et qui sait, lors d'un de ses prochains passages à Paris, il me demanderait, en personne, et pas un autre. Roger, mon fidèle technicien, devait passer me chercher à 13 h 00 pour être trente minutes plus tard sur le tournage, boulevard de Grenelle, avec une heure d'avance sur le rendez-vous pour éviter les imprévus. À 12 h 55 on a sonné à ma porte, je suis allé ouvrir en saluant la conscience professionnelle de mon collègue.

En fait de Roger, j'ai eu la visite de quatre types dont trois m'étaient parfaitement inconnus.

— Salut Alain. Je te présente Didier, Jean-Pierre et Miguel, on peut entrer ?

Celui qui parlait s'appelait Baptiste, je l'avais interviewé à l'époque où il essayait de lancer un mensuel sur l'actualité parisienne passée au vitriol. Son intervention à 99.1 lui avait servi à lancer un appel à la souscription mais, malgré toute sa bonne volonté, cette belle aventure avait capoté très vite et, en le voyant débouler, j'ai cru qu'il voulait remettre ça.

— Je suis pressé, Baptiste. On va passer me chercher pour une affaire urgente.

— Il ne peut pas y avoir plus urgent que notre affaire à nous. Tu es journaliste, tu vas comprendre. On fait partie du comité de soutien de José Famennes.

Il a attendu que le journaliste en moi réagisse à ce simple nom qu'il lâchait comme une bombe. Il se trouve que le journaliste en moi n'a pas moufté. Et je ne sais pas si c'était l'agacement d'avoir des importuns chez moi ou l'importance du grand rendez-vous à venir, mais j'ai écouté d'une oreille distraite la triste histoire d'un prisonnier politique retenu dans une geôle sud-américaine, dont la condamnation à mort ne devait plus tarder.

— C'est une question d'heures. On a organisé une manif cet après-midi devant l'ambassade du

San Lorenzo, on a des appuis, on ne peut pas le laisser crever comme ça. On fait circuler une pétition.

Il m'a tendu un fascicule couvert de noms et d'adresses. Ça a réveillé des trucs oubliés, enfouis au plus profond de mes jeunes années. Quelque chose de grave a traversé la pièce.

— Deux cent quarante-trois signatures, que des gens motivés et mobilisés. On a un ex-ministre, vingt-huit députés, des écrivains en pagaille, vingt-six journalistes, et plein d'autres, tous triés sur le volet. Avec ça, il nous reste une chance, mais on n'a plus beaucoup de temps pour la communiquer à l'ambassadeur. Après, il sera peut-être trop tard. Il faut que tu en parles à ta radio, il faut mobiliser du monde !

Le pote Jean-Pierre m'a regardé. Le pote Miguel aussi. Et le pote Didier. Comme un gosse pris en faute, j'ai baissé les yeux.

— En parler à la radio ça va être difficile d'ici demain, j'ai un gros coup à assurer tout à l'heure, une star, et je passe son interview dans la soirée.

— Famennes va être exécuté, mec.

— Tu y passes maintenant, a dit Miguel d'un ton presque autoritaire. Tu fais un flash spécial pour un appel à la manif de cet après-midi, tu ne peux pas ne pas le faire !

Dans la foulée, il m'a tendu la pétition et un stylo. Le geste que je redoutais depuis le début. Il ne pouvait pas se douter de quel genre de type j'étais.

Un type qui, un jour, a eu peur d'aller en prison après s'être mêlé sans le vouloir à une manifestation d'infirmières. Un type qui préfère éviter les sondages, des fois que ses réponses finissent entre les mains de services secrets. Un type qui n'a pas voté au dernières présidentielles parce que ce jour-là on venait de lui livrer un magnétoscope. Voilà ce que j'avais envie de dire, sans gloire, à Baptiste et aux autres, mais pour avouer un tel manque de courage, il me fallait un courage que je n'avais pas. Avec un air de citoyen responsable, j'ai ajouté, au bas de la liste :

Alain Le Guirrec, reporter, 151 rue de Flandre, 75019 Paris.

C'était le maximum que je pouvais faire, sinon leur souhaiter d'aller le plus loin possible dans leur combat, à condition qu'ils me foutent la paix.

En parcourant machinalement ces quinze feuillets agrafés, le nom d'un des signataires m'a accroché l'œil, juste au moment où Baptiste me les reprenait des mains pour les ranger dans une chemise bleue.

— Tu fais partie des gars sur qui on compte, Alain.

... Marlène... ?

— On doit aller chez un gars de la télé pour avoir sa signature.

MARLÈNE ?

— Ça serait bien que tu puisses passer à ta radio, t'en as pas pour longtemps. Fais-le.

*... MARLÈNE MARLÈNE MARLÈNE MARLÈNE MAR-
LÈNE...*

Tout s'est imbriqué en une fraction de seconde,
Baptiste, le nom de Marlène, la fête qu'il avait
organisée pour le lancement de son journal, elle
était présente, je n'avais vu qu'elle, Marlène, Marlène. Aussi belle que son prénom, blonde, des yeux
verts, un cocktail de beauté modeste et de per-
versité rentrée qui m'avait mis le feu aux sens.
J'avais tout essayé pour avoir son numéro, j'avais
sorti le grand jeu, parlé d'amour, je l'avais deman-
dée en mariage, et si elle avait dit oui, à l'heure
qu'il est j'aurais trouvé un job plus sérieux et nous
aurions déjà deux ou trois gosses. J'avais cherché à la revoir sans y parvenir et il me suffisait
de lire son nom parmi tant d'autres pour me rendre
compte que j'étais loin de l'avoir oubliée. Je me
suis demandé si Baptiste et son histoire de prisonnier politique ne me donnaient pas une seconde
chance.

— Alors? Pour la radio?

Il y a des moments dans la vie où on se dit que le
destin vient de vous faire un signe, quand on s'y
attendait le moins, et que ce signe est forcément
tordu, sinon il serait impossible de le voir, comme
un nom perdu sur une liste. En le laissant passer,
on risque de le regretter cinquante ans plus tard,
quand on sera assis dans un rocking-chair avec un
plaid sur les genoux.

La pétition bien rangée au fond de sa serviette, Baptiste était prêt à partir.

— Je ne suis pas sûr d'avoir bien mis mon adresse. Ressors-la, pour voir.

— C'est pas grave, Alain, pense plutôt à la radio.

— Si si, j'insiste, ces trucs-là c'est sérieux, sors-là.

Un peu surpris, il m'a montré les feuillets. J'ai fait semblant de vérifier en les gardant le plus longtemps possible en main, sous le regard impatient de quatre paires d'yeux vaguement déconcertés.

— Bon, on y va, tu penses à nous, Alain.

J'ai retenu sa main une seconde, et c'est là que je suis retombé sur :

Marlène Kirshenwald, journaliste, 3 rue du Temple, 75004 Paris.

Je les ai raccompagnés à la porte en cachant mal une vague excitation qui partait du nombril. Ils m'ont serré la main pendant que je répétais mentalement le nom et l'adresse de la demoiselle, et je me suis précipité sur un bloc-notes à peine avais-je fermé la porte. *Marlène Klarwein, 3 rue du Temple, 75004 Paris.*

L'interview de ma vie, et maintenant la femme de ma vie, un jour à marquer d'une pierre blanche. Marlène Kalwein... 3 rue... rue du Temple ou... ou rue Vieille-du-Temple ? Klarwein ou Kersheval ? Il y a aussi un boulevard du Temple, dans le IIIᵉ ! C'était le 43 ! Ou le 31... ? Marlène Klar... Klar-

weld ! Et il y a un bout de la rue Vieille-du-Temple
dans le III et l'autre dans le IV ! J'ai frappé du
poing sur la table, ivre de rage, et me suis rué sur
le balcon pour voir Baptiste et les autres grimper
dans leur voiture. Le destin ! Le destin est pervers,
c'est bien connu, il n'envoie pas un signe sans une
épreuve, il faut faire une partie du chemin, c'est ce
qui prouve que c'est vraiment le destin.

— Baptiiiste ! j'ai hurlé, pour couvrir le son du
démarreur, avant de dévaler les escaliers quatre à
quatre.

— Écoutez, j'ai réfléchi, et j'ai une proposition
exceptionnelle à vous faire.

Inquiets, ils ont attendu que je reprenne mon
souffle.

— La star que je dois interviewer tout à l'heure,
c'est Harrison Ford. Est-ce que vous vous rendez
compte ?

Vu leurs têtes, ils ne se rendaient pas compte.

— C'est le genre de gars qui ne refuserait jamais
de signer une pétition pour une cause aussi impor-
tante. Vous connaissez plus grosse star internationale ? Vous imaginez son nom là-dessus ? C'est
mieux que tout, mieux qu'un politique, mieux
qu'un présentateur de télé.

— ... Harrison Ford ? Tu crois que ça ferait sérieux, dans la liste ?

Je n'ai même pas eu à répondre, Miguel l'a fait
à ma place.

— Sérieux ? Ce type-là est un héros pour les trois quarts de la planète, un jour il sera candidat à la Maison-Blanche.

— Il est déjà bien plus écouté que le président américain, a fait Didier.

— Si le gouvernement du San Lorenzo apprend qu'un type comme lui s'est mobilisé, a dit Jean-Pierre, ça peut changer toute la donne.

Ça n'a pas traîné, Baptiste a ressorti les feuillets.

— Elle passe quand, ton interview ?

— Ce soir.

— Si tu réussis à lui faire dire un mot sur Famennes, tu auras peut-être sauvé une vie, a dit Baptiste avec une sincérité inouïe. On se retrouve vers dix-neuf heures devant l'ambassade, je serai en tête du cortège, tu as mon numéro de portable ?

J'ai fait un signe de tête, ils sont remontés dans la voiture. Avant de démarrer, Baptiste et les autres m'ont dit merci du fond du cœur. Ça m'en a presque gêné. Dans quelques heures ma carrière aura pris sa vitesse de croisière, j'aurai peut-être trouvé la femme de ma vie, et, l'air penaud, je rendrai à Baptiste sa pétition en lui disant que la star n'a rien voulu savoir. Pas de pot.

Roger est arrivé et m'a demandé ce que je faisais là, en plein milieu de la rue, avec mes feuillets à la main. Je lui ai dit de patienter une seconde, le temps de remonter prendre mes affaires.

*

Marlène Kirshenwald, journaliste, 3 rue du Temple, 75004 Paris.

En moins de deux minutes, le minitel m'a donné le numéro de la belle.

— Allô, Marlène ?

— Oui.

— C'est Alain Le Guirrec, le journaliste de 99.1.

— ... Qui ?

Je marque peu les gens, c'est vrai. Mais j'avais déjà de la chance de la trouver chez elle. Destin...

— On s'est vus à la soirée du numéro Zéro du mensuel de Baptiste.

— ... ?

— Il vient de me faire signer la pétition pour la libération de José Famennes, tu vas à la manif ?

— ... Oui.

— Je ne pourrai pas, j'interviewe Harrison Ford au même moment.

(Ça devrait marcher, ça devrait marcher, ça devrait marcher...)

— Harrison Ford ? Le vrai Harrison Ford ?

(J'en étais sûr ! J'en étais sûr !)

— Oui, le vrai, c'est boulot-boulot. Pour José Famennes, je me suis dit qu'on devrait, nous les journalistes, faire une action commune, on pourrait se grouper au lieu de rester chacun de notre côté, tu vois.

— ...

— Je propose qu'on se voie pour en discuter, dès que j'en ai fini avec Ford.

— ... Où ?

(Je suis un génie ! Je suis un génie !)

— Au Palatino, c'est un bar dans le Marais.

Roger s'est mis à klaxonner comme un fou, en bas.

— À quelle heure ?

— Vingt heures ?

— O.K., elle a dit, avant de raccrocher.

Nous appellerons le premier de nos enfants José.

Pour combler un léger retard, j'ai roulé à tombeau ouvert, sans cesser de penser aux hanches de Marlène, aux yeux de Marlène, à ses chevilles cassantes comme du verre, et à tous ces petits bonheurs qui m'attendaient. Roger, nerveux, m'a parlé de son destin à lui, il se voyait crever paisiblement dans un petit mas de Noirmoutier sur les coups de quatre-vingts ans, et pas dans une voiture conduite par un furieux à la recherche d'un acteur, sous prétexte qu'il a joué dans *Star Wars*. Sur place, on a commencé à préparer le set avec une certaine bonne humeur, en plein soleil. J'ai demandé où était la star.

— Il bouffe dans un restaurant avec la production, personne ne sait où. On a retardé le plan de tournage à cause de la météo, vous n'avez plus qu'à attendre vers cinq, six heures ce soir.

Avec son air bonasse, ce type était tout sim-
plement en train de m'expliquer que ma vie était
foutue. En ce bas monde, certaines rencontres ne
se font jamais, quel fou avais-je été de croire que
je ferais exception à la règle. À trop convoquer le
destin, il s'était senti coincé et ne pouvait donc
plus me désigner pour vivre deux événements
dans la même journée. Qu'est-ce que j'allais dire
à Bergeron ? Qu'est-ce que j'allais dire à Marlène ? Ford a préféré reprendre un dessert plutôt
que répondre à mes questions ? Je me suis assis
un instant sur les rails du travelling pour faire
imploser ma déception. En voyant mon coup de
blues, Roger, diplomate comme il sait l'être, a
dit :

— T'en fais pas, vieux, il nous reste l'interview
du disc-jockey du B.O.A.

Dans ce désert, j'ai repéré un photographe de
plateau qui avait l'air d'en savoir plus que les
autres. Il m'a assuré que Ford n'était pas du genre
à poser des lapins et qu'il serait là à dix-huit heures
sonnantes, comme le pro qu'il est. Ne nous restait
plus qu'à attendre trois heures sans bouger, à siro-
ter du café entre deux lamentations. C'est là que
Roger a dit :

— Toi, tu fais ce que tu veux en attendant, mais
moi je vais en profiter pour passer à mon club, y a
que ça qui me calme, c'est à deux rues d'ici.

— Un club ?

— Un endroit formidable, un truc ultra-privé, j'y vais deux fois par semaine. Tu devrais venir, ça te détendrait, au lieu de tourner en rond.

— Mon pauvre Roger, j'ai envie de buter quelqu'un et tu me proposes d'aller me pavaner dans un club ?

— Justement, c'est le seul endroit où il faut se rendre d'urgence quand on a envie de tuer quelqu'un. (Il a baissé d'un ton.) Mais vaudrait mieux que ça reste entre nous. Personne ne sait que j'y vais, même pas ma femme. C'est mon voisin qui m'a proposé d'essayer une fois et... j'y ai pris goût.

Vous comprendrez qu'on ne résiste pas bien longtemps à une telle proposition.

*

Cinq minutes plus tard nous entrions dans une bâtisse en brique rouge. Au bout d'un couloir un peu austère et d'un escalier en béton, nous avons débouché dans un hangar insonorisé. Quinze types en enfilade, tous munis d'un casque antibruit et d'un flingue gros comme ça, canardaient comme des malades sur des silhouettes en carton animées par des filins. J'ai même cru recevoir une balle perdue dans le tympan, à peine franchi le seuil du stand de tir.

— Qu'est-ce qu'il fait dans la vie, ton voisin ?

— Flic.

Roger, parfaitement à l'aise, m'a présenté à tout le club de tir, et en un rien de temps nous nous sommes retrouvés chacun avec un P38 dans les mains. Je me suis dit que la journée prenait des chemins détournés, inattendus, et parfaitement grotesques.

— Qu'est-ce que tu veux que je fasse de ça ? j'ai dit en montrant la pétoire.

— Essaie, tu vas voir. C'est comme dans les films. Même Ford a appris à tirer dans ce genre d'endroits. Tu vas voir comme ça calme.

— Roger, tout ça ne me dit rien qui vaille.

Pour toute réponse, il a vidé son chargeur d'un trait, et j'ai été obligé de me protéger les oreilles avec un de ces trucs. Plus personne n'a fait attention à moi et je me suis retrouvé seul avec le revolver dans la main, comme une sorte d'interlocuteur resté trop longtemps muet. Roger n'avait pas totalement tort : peut-être que le détour par ce stand de tir allait me faire comprendre quelque chose de fondamental sur la manière dont on fabrique un héros. Il n'y a pas de hasard.

Et puis je n'ai plus pensé à rien, j'ai shooté et shooté et shooté, et le monde s'est évaporé dans un nuage de poudre.

*

Roger m'a bousculé dans le monde réel et tout ne m'est revenu en mémoire qu'à la lueur du jour. Je

puais la cordite et j'avais dans les yeux des espèces de flammèches qui dansaient encore. Le film
a continué un moment quand je me suis retrouvé
devant une machinerie hollywoodienne de décors
et de figurants. Au beau milieu de ce maelström, le
photographe de plateau m'a montré l'agent de Ford
qui hurlait des trucs bizarres vers une caravane.
J'ai vite compris le drame qui se jouait : pour des
raisons connues de lui seul, l'un des plus grands
acteurs du monde refusait obstinément de sortir de
sa loge. Tout le monde a défilé sous son vasistas
pour le supplier. J'ai essayé de m'approcher, tendre
un micro, dire que ma carrière se jouait là, qu'il
n'avait qu'un mot à dire sur 99.1 pour me rendre
célèbre, mais ses gardes du corps m'ont découragé
rien qu'en me regardant du haut de leurs Ray-Ban.
Mon apathie s'est vite transformée en rage noire.
J'ai commencé à penser que Ford allait peut-être
mourir avant notre rencontre, que j'allais faire sa
nécro comme tous les scribouillards du monde, que
j'allais dire les même banalités, et que plus tard,
sous mon plaid, je me souviendrais d'être passé si
près de lui.

— C'était trop gros pour nous, a dit Roger, qui
ne songeait qu'à rentrer chez lui après une journée
de boulot à peine méritée.

Il avait sans doute raison. Le soleil commençait à
baisser, le chef opérateur a dit que le plan était foutu
et qu'il valait mieux remballer. Un instant, je me

suis vu retourner illico au stand de tir pour reprendre mon P38 et tirer sur cette putain de caravane jusqu'à ce qu'Indiana Jones en sorte et me
supplie d'écouter ses raisons.

19 h 30 à ma montre. Je venais sans doute de
rater l'interview de ma carrière mais pas question de
rater la femme de ma vie. Le photographe de plateau a dit que tout n'était pas perdu, la production du film avait organisé une petite fête le soir
même, au Wyatt, une boîte de nuit des Halles, toute
l'équipe était invitée et Ford avait promis de passer.

— Harrison est un type imprévisible, il est
capable de répondre à une interview dans une boîte
de nuit, si j'étais vous je ne jetterais pas l'éponge
tout de suite.

J'ai haussé les épaules en le remerciant tout de
même, puis j'ai sauté dans la voiture, direction le
bar du Palatino, où Roger allait me déposer. Je me
suis repeigné, j'ai mâché un chewing-gum pour
me rafraîchir l'haleine et ôté un instant ma chemise pour la débarrasser de cette odeur de poudre à
canon en lui faisant prendre l'air à travers la vitre.

— On en aura d'autres. Meryl Streep ! Jack Ni-
cholson ! Tiens, j'ai même un pote qui tient un restaurant où Depardieu va souvent.

La voiture s'est vite embourbée dans un embou-
teillage et j'ai constaté une fois encore que la loi
dite *de l'emmerdement maximal* était la plus invio-
lable de toutes.

— C'est quoi ce bordel, encore ?

Un cortège d'individus nous a barré la route.

— Une manif !

Roger a essayé de discerner une banderole.

— Libérez... José... José... Farrès... ? Qui c'est encore, ce mec ?

La voiture s'est embourbée dans une ornière humaine, et j'ai vu s'estomper, comme au sortir d'un rêve, le visage de Marlène, seule, devant une tequila. Le visage avait disparu pour ne jamais réapparaître.

— José Fa-men-nes, a fait Roger, furieux. Qu'il y reste, en taule, ce con ! J'ai pas que ça à foutre, nom de Dieu ! J'ai promis à Martine d'aller chercher les mômes chez la nourrice.

Tout m'est revenu en mémoire : le prisonnier politique, Baptiste et sa bande de militants, la manifestation, sans oublier...

— Une chemise en carton bleu, Roger ! ROGER ! Une chemise en carton bleu, Roger, une chemise, avec des feuillets dedans, Roger, en carton !

— Y avait bien un truc bleu sur ton stand pendant que tu canardais, mais je crois que tu l'as laissé là-bas.

19 h 45 à ma montre. Baptiste va m'étriper si je ne lui rends pas sa pétition, a fortiori sans la signature que je lui avais promise. Marlène va vite perdre patience et, si je rate cette occasion, le destin ne me fera plus signe de sitôt. C'est de ma vie qu'il s'agit, nom de Dieu !

— C'est grave, Roger, va récupérer la chemise, et porte-la de ma part à un type qui s'appelle Baptiste, je m'en souviendrai toute ma vie.

— Pas possible, après la nourrice, il faut que je ramène la voiture à la radio, et, en plus, on attend deux potes pour dîner à vingt et une heures.

— Demande-moi tout ce que tu veux !

— Tes quatre heures d'antenne le samedi après-midi contre ma nuit du lundi, pendant un an.

J'ai accepté ce chantage odieux en me disant qu'il serait toujours temps de renégocier plus tard. Il a noté le numéro de portable de Baptiste, j'ai franchi cette marée humaine pour rejoindre le boulevard Saint-Germain. Au mégaphone, j'ai reconnu la voix de Miguel :

— Il faut forcer l'ambassadeur du San Lorenzo à accepter de nous rencontrer !

Au loin, j'ai vu la silhouette de Jean-Pierre et me suis fait tout petit derrière un cordon de service d'ordre. Dans une rue adjacente, j'ai promis à un taxi un pourboire monstrueux s'il me déposait au Palatino en dix minutes. À 20 h 5, j'avais la main sur la poignée de la porte d'un bar enfumé et presque vide.

Marlène était là, terriblement, comme une belle actrice incognito qu'on reconnaît par surprise. Tout à coup, sur un coin de moleskine rouge, j'ai vu ma vie défiler devant mes yeux. Pas le passé, non, mais l'avenir, jusqu'au bout, jusqu'à mon dernier souffle,

un film dans lequel j'entrais en franchissant la porte
de ce bar. Sa petite robe rouge que je chiffonnerais
bientôt, ses lèvres qui diraient *oui*, ses yeux qu'elle
donnerait à nos enfants, ses cheveux que je verrais
blanchir. Les joues en feu, je me suis assis face à
elle, le barman a dû comprendre mon terrible besoin
de vodka et m'en a servi une avant même que nous
ayons prononcé un mot.

— Excusez le retard. C'est Harrison Ford. Gentil mais bavard. Il est temps de s'occuper de José
Famennes, j'arrive de la manif, ça se présente bien,
l'ambassadeur commence à réagir. Je me suis dit
qu'on pouvait vous et moi envisager un mariage,
quelque chose de rapide, on pourrait...

— Un quoi ?

— Je veux dire que rien ne se fera sans nous, les
journalistes, il ne faut pas oublier que la vie d'un
homme est en jeu, que nous sommes le seul vecteur
capable de sensibiliser une opinion publique satu-
rée de guerres et de catastrophes. Qui en France a
entendu le nom de Famennes, hein ? Le temps presse,
il faut qu'on bouge, au début ça sera compliqué, il
faudra louer un truc pas trop cher, avec une aide
aux jeunes ménages, on pourra... Ce que je veux
dire c'est qu'on n'a pas le choix, il faut parler des
conditions de détention au San Fernando et...

— Au San Lorenzo.

— Ce sont les mêmes ! Famennes est en train
de crever au nom des droits de l'homme dans une

geôle pourrie et on reste tous pétris dans notre
égoïsme !

— Il est au Plaza ?

— Qui ?

— Ford. D'habitude il descend au Plaza.

— Pour l'instant il a élu domicile dans une caravane et c'est la croix et la bannière pour l'en faire
sortir. Baptiste et les autres font le forcing devant
l'ambassade, on doit...

— Il est toujours avec cette scénariste ?

— Qui, Famennes ?

— Mais non, Harrison Ford.

— Ça vous intéresse ?

Pour toute réponse, elle m'a servi une demi-heure
de monologue frénétique sur la vie et l'œuvre du
plus grand acteur du siècle, à côté de qui Laurence
Olivier passe pour un danseur mondain et Marlon
Brando pour une rentière capricieuse.

— Je suis amoureuse de lui depuis *American
Graffiti*. Les deux hommes de ma vie sont Han Solo
et Indiana Jones, mais je pourrais en dire autant de
tous les autres personnages qu'il a incarnés.

— Vous ne trouvez pas qu'il est un peu... disons,
d'une autre génération.

— Harrison est un héros. Dites-vous bien que
vous avez eu une chance inouïe de l'avoir approché.

C'est à ce moment-là que Roger est arrivé ventre
à terre avec la chemise bleue.

— J'ai eu un problème.

Avant même de lui demander lequel, j'ai ouvert la chemise pour m'assurer que les feuillets y étaient. Et ils y étaient. J'ai même eu l'impression qu'il y en avait plus qu'à l'origine.

— J'ai écouté la radio, ça commence à faire du bruit, cette histoire de San Lorenzo. Avant de se rendre sur place, l'ambassadeur a accepté de recevoir une délégation du comité, ils ont même parlé de la pétition, il paraît qu'un tas de gens veulent la signer.

— C'est formidable, où est le problème ?

— Le problème c'est que les gars du club de tir ont regardé ce qu'il y avait dans la chemise. Ils ont tout de suite pigé le truc, et ils se sont ralliés à la cause de José Famennes. Regarde...

Je n'ai pas compris tout de suite, et peu à peu m'est apparue une sorte de mosaïque rouge parsemant çà et là les feuillets dans les espaces laissés vides.

— J'ai eu ton pote Baptiste au téléphone, il va t'égorger s'il se retrouve devant l'ambassadeur les mains vides. Jettes-y un coup d'œil, tu comprendras que je préfère que tu y ailles toi-même. Ah oui, j'oubliais, Bergeron a dit qu'il te foutait à la porte de la radio si tu ne ramenais pas l'interview de Ford.

Ernest Lefort. C.R.S.
Mimile des Rouleaux, homme de main.
Colonel Riquet, officier.

Johnny Target, tireur d'elite.

— ... Roger ?

Ricou la Tchatche, président de l'Amicale des anciens de Fresnes.

Albert Donzu, mercenaire en retraite.

— Où t'es, Roger ?

Dino Manelli, gérant de société à Palerme.

Quentin Tiburce, armurier.

Étienne Mangin dit « Brutos », recouvreur de dettes.

— Ça n'a pas l'air d'aller, a dit Marlène sans savoir à quel point elle était dans le vrai.

Roger s'était éclipsé sans demander son reste, et je me retrouvais avec une trentaine de témoignages de solidarité qui allaient inspirer le respect d'un ambassadeur.

— Vous savez que vous lui ressemblez, Alain ?

— ... Hein ?

— On ne vous a jamais dit que vous aviez son regard ? Un truc malicieux dans l'œil, ce petit rictus ambigu qui mêle le sourire au désarroi.

— ... ? Écoutez Marlène, j'ai eu une journée remplie de petites choses inattendues qui finissent par me préoccuper, ce qui m'empêche sans doute de comprendre un traître mot à ce que vous êtes en train de dire.

— Vous me faites terriblement penser à Harrison.

Elle a pris une grande goulée de vodka pour ponctuer sa phrase et, sans doute pour des raisons absur-

des et erronées, je me suis brusquement senti important. En y regardant à deux fois, elle n'avait
peut-être pas tort. J'avais en moi depuis toujours
ce petit truc qu'il trimballe de film en film, cette
faculté d'être en état d'implosion permanente sans
que personne ne s'en doute, comme si la vie n'était
qu'une lutte sans espoir pour ne jamais dégoupil-
ler la grenade qu'on garde bien cachée au fond
des tripes. Avec Harrison Ford, je partageais ce cal-
vaire, et plus rien ne m'étonnait désormais, ni ce
rendez-vous miracle avec lui, ni ce coup du sort qui
m'empêchait de le voir, ni le fait que Marlène soit
la première personne à s'apercevoir à quel point
nous étions proches. Le détour par le stand de tir et
les yeux énamourés de la douce quand elle parlait
de lui en étaient l'éclatante confirmation. Rien ne
m'a découragé, au contraire. J'ai pris ça pour un
ensemble de signaux que seuls émettent les cœurs à
prendre, et que notre amour serait plus beau encore
si j'arrivais à lui faire oublier ce voyou de Ford.
En essayant de me résumer la situation, j'avais une
chance unique de me bâtir un avenir sans plus aucun nuage. Pour éviter de me faire virer de mon
job, de me faire casser la gueule par Baptiste et les
autres, pour effacer les trente noms indésirables de
la pétition, pour faire la plus prestigieuse interview
de ma vie, pour conquérir le cœur de la belle,
je devais aller dans cette boîte de nuit afin de
provoquer Harrison Ford en duel et obtenir de lui

l'impossible : qu'il signe cette pétition. C'est ce que j'ai proposé à Marlène qui n'attendait que ça. Sur le trajet, une énième raison de me rendre là-bas m'a traversé l'esprit, un truc qui m'avait un instant échappé, un truc qui pouvait éventuellement faire de moi un mec bien : sauver la tête de José Famennes.

*

Je m'attendais à parlementer des heures avec les videurs afin qu'ils nous fassent l'honneur de nous laisser entrer au Wyatt mais le photographe de plateau a tout arrangé, pour le plus grand bonheur de Marlène. Il m'a à nouveau juré que Harry serait des nôtres. Le temps de se descendre deux vodkas, on a eu droit à un strip-tease qui rivalisait de glamour avec une pub pour l'eau de Javel. Le D. J. a embrayé comme pour sauver une ambiance déjà moribonde, et une cohorte d'énervés a envahi la piste pour se trémousser au son d'une musique vraisemblable-ment moderne. Marlène a bu une énième vodka (l'ap-préhension avant de rencontrer le grand homme) et son coude a raté deux fois l'accoudoir du fauteuil. Quand nous serons mariés, je poserai un verrou dans le meuble du bar. Je l'ai vue se lever pour tituber vers la piste où elle s'est taillé une grande part de succès en créant son espace vital à coups de genoux. J'ai senti monter le taux d'adrénaline général, les danseurs s'éclaboussaient de gerbes de

sueur pendant que Marlène, folle de joie, s'aban-
donnait à une danse mystique à base de convulsions
pelviennes. Spectacle que je tairai plus tard à nos
enfants. Très pro, j'ai vérifié le bon fonctionnement
du magnéto en buvant l'ultime gorgée de vodka
et j'ai appelé Bernard qui tenait l'antenne de 99.1
pour lui demander d'annoncer l'interview. C'est en
remontant du sous-sol que j'ai vu une chemise en
carton bleu voleter dans les airs et passer de main en
main. En une fraction de seconde, je me suis rendu
à l'évidence, cette pétition vivait sa propre vie sans
se soucier de qui la possédait, elle se dérobait à la
première occasion pour continuer son chemin, toute
seule, et son désir d'exister la rendait plus forte à
chaque nouvelle signature. J'avais désormais plus
besoin d'elle qu'elle n'avait besoin de moi, et
j'ai crawlé comme un damné au milieu du magma
humain pour tenter de la happer au passage. Le
crâne en feu, j'ai allongé quelques gifles à des
noceurs qui faisaient obstacle entre la pétition et moi,
et j'ai fini par l'arracher des mains d'une espèce
de créature à paillettes. Au beau milieu de cette
décharge de décibels et de corps moites pris de
fureur, j'ai regardé d'un œil vide les feuillets qui
ruisselaient entre mes mains. Une flaque de whisky
dégoulinait sur la page de garde et venait de réduire
une bonne vingtaine de signatures en une délicate
coulée noire. Ce qui n'était pas encore dramatique,
comparé aux pages suivantes.

Hot Lips Linda, strip-teaseuse.
Gino Montaldo, danseur mondain.
Mado Frou-Frou, transformiste.
Didier, Eddie, Paulo, videurs.
Ricky Royal, guitar hero.
Bambi Crazy Legs, artiste.

Sans parler de deux joyeux drilles qui se tenaient les côtes en me regardant, et qui avaient écrit dans une marge :

Jean Peuplu et Sam Eclatt, boute-en-train.

Des sentiments mêlés se sont emparés de moi, en même temps qu'un sérieux coup de fatigue. Partagé entre l'envie de fracasser la tête du premier innocent venu et celle de fuir, loin, dans des contrées perdues, là où l'on peut écouter l'herbe pousser et les insectes s'envoyer en l'air. Et puis, une sorte de compassion bizarre pour l'humanité entière m'est apparue. Toutes ces âmes, si tordues soient-elles, qui, malgré leur destin, leur dérive, prenaient le sort de Famennes à cœur et apportaient leur modeste contribution à sa cause d'un coup de griffe en bas de page. Il valait mieux voir ça comme ça, non ?

Il y a eu un roulement de tambour, un fracas de cuivres, et tout le monde s'est figé : Harrison a fait son entrée dans les lieux, au milieu d'un petit essaim fébrile qui s'est approché de nous. Marlène est montée sur une banquette pour tenter de le discerner, et j'en ai fait autant. Je l'avais tant attendu. Espéré. Et même si je devais lui faire cracher une minute d'interview pour ne pas me retrouver au chômage, lui faire signer une pétition pour sauver la vie d'un homme, lui dire à quel point nous étions faits pour nous rencontrer, lui présenter la femme de ma vie pour qu'enfin elle me préfère à lui, la première urgence, à cette seconde, c'était de le voir.

— Paraît qu'il vient de se faire agresser dehors par cinq cents personnes, quelqu'un a dit.

— Des fans ?

— Peut-être, mais pas commodes.

Il n'a pas même eu le temps de s'installer, les videurs n'ont rien pu faire quand la meute est entrée, Baptiste en tête, le regard déformé par la haine, un cri de guerre à la bouche, ordonnant le pillage à ses troupes.

— Attrapez-le, ce pourri !

Je me suis demandé ce que Ford avait bien pu leur faire pour les mettre dans cet état. Mais j'ai mieux compris qui ils cherchaient vraiment quand j'ai vu Marlène, juchée sur sa banquette dans un état second, pointer un doigt vers moi en regardant Baptiste.

— Il est là, avec sa pétition ! Tout est de sa faute ! Il ment, il est fourbe, ne le laissez pas s'échapper !

Baptiste, les yeux fous, a hurlé en me voyant, des verres ont commencé à voler, une bousculade générale a renversé les tables et un cataclysme a ravagé la salle. Une lame de fond d'une violence inouïe a submergé hommes et femmes, l'ivresse, la rage, la peur, et moi, seul, rampant sous les banquettes en essayant de survivre. Les gardes du corps de Ford ont sorti des revolvers et formé une sorte de carapace autour de lui, le climat de violence a redoublé d'un coup, et je ne sais pas ce qui m'a permis de tenir jusqu'à cette sortie de secours, sans doute l'image imprécise d'un demi-millier d'individus cherchant à me lyncher en place publique. Marlène, pourquoi m'as-tu trahi ? Nous aurions pu vivre quelque chose d'exceptionnel, toi et moi. Avec le temps, tu serais devenue moins frivole, nous aurions eu de merveilleux enfants, José, l'aîné, et Harrison, le petit. Nous aurions remplacé la vodka par la camomille, nous aurions construit un petit havre de paix, loin de Paris et de sa folie, loin du monde en marche. Marlène, tu étais sans doute mon destin, il n'a pas jugé bon de te le faire savoir. À bout de souffle, j'ai retrouvé l'air du dehors et me suis mis à courir comme un fou dans la nuit en me risquant çà et là dans des ruelles inconnues, puis j'ai grimpé dans un taxi qui devait avoir l'habitude de ce genre de situation.

— Où on va ?

Je lui ai donné l'adresse de 99.1, c'était sans doute le seul endroit au monde où j'avais une chance de sauver ma peau. J'ai même demandé au chauffeur de chercher la fréquence de la radio, histoire de prendre la température. J'ai entendu la voix de Bernard qui terminait l'édition de minuit.

« Pour des raisons encore inconnues, la discothèque le Wyatt a été mise à sac par plusieurs cen-
taines de manifestants qui cet après-midi faisaient
le siège de l'ambassade du San Lorenzo. Harrison
Ford, en tournage à Paris, venait de se réfugier dans
la discothèque après une vive altercation avec les
manifestants. »

Quand je suis entré dans le studio, Bernard venait
de lancer un disque de Charlie Mingus pour calmer
l'ambiance. Je me suis précipité à mon bureau en
renversant tout sur mon passage.

— Je suis innocent, Bernard, il faut que tu me
croies...

— C'est à cause de toi, ce bordel au Wyatt ?

— Je suis innocent, je te dis. J'ai besoin d'une
zone franche où l'on respectera mon immunité de
journaliste.

— ... ?

— Je n'ai rien à voir avec les crimes dont on
m'accuse. Préviens le consulat, l'ambassade, la
cour internationale de justice, je veux un passe-
port diplomatique et un droit d'asile dans un pays
qui refuse l'extradition, Bernard.

— Bergeron t'a foutu à la porte, il n'a pas digéré
que tu le mènes en bateau avec cette histoire d'interview bidon d'Harrison Ford.

— Harrison Ford... Qu'est-ce que vous avez avec
ce mec ? C'est jamais qu'un acteur, un gars qui sait
dire trois mots devant une caméra, comme toi et

moi si on nous le demandait. Il sait tenir un flingue ? Moi aussi, je l'ai fait, et pas plus tard que cet après-midi. Il a déjà risqué sa vie pour de bon ? Non ? Eh bien moi, si.

Il m'a écouté, une lueur d'inquiétude dans l'œil, jusqu'à ce que le téléscripteur crépite. Derrière la vitre, je l'ai vu pâlir, et s'acheminer vers le micro pour couper la chique à Mingus. Il avait beau lire, on avait l'impression qu'il cherchait ses mots.

« Une dépêche de l'A.F.P. nous informe qu'un groupe d'individus armés a pénétré dans la discothèque le Wyatt. Il s'agirait, je cite, des membres d'un club de tir du boulevard de Grenelle. Les gardes du corps d'Harrison Ford, déjà échaudés par l'intervention des manifestants du comité de soutien de José Famennes, ont ouvert le feu afin de protéger l'acteur. Harrison Ford s'est déclaré victime du harcèlement d'un journaliste prêt à tout pour lui soutirer une interview qu'il n'a jamais accordée. Il semblerait qu'après une explication entre les divers opposants un terrain d'accord ait été trouvé. Les clients de la discothèque, les gardes du corps, les manifestants et les membres du club de tir se dirigeraient en ce moment même vers les locaux de... d'une radio... 99.1... afin de... »

Il y a eu comme un blanc terrible à l'antenne et dans nos esprits. J'ai imaginé Bergeron, l'oreille collée à son tuner, et me suis raccroché le plus longtemps possible à cette vision, comme une espèce de paravent mental qui m'en cachait une autre, bien plus terrible. Dans un état proche du mien, Bernard a réuni un reste d'énergie pour conclure :

« L'A.F.P. nous précise par ailleurs, selon une dépêche provenant du San Lorenzo, que José Famennes va être exécuté demain matin. »

C'est à ce moment précis qu'un brouhaha nous est parvenu, quelque chose de sourd au début, puis une cacophonie montante, de plus en plus précise, de plus en plus haineuse. Quand l'escalier s'est mis à trembler, Bernard a foncé pour fermer la porte blindée de la station. De quoi les retarder d'à peine cinq minutes. Je me suis précipité vers l'escalier de service pour aboutir dans une courette vide, puis dans une rue adjacente. Au loin, j'ai vu la meute s'engouffrer entièrement dans le bâtiment, Baptiste en tête. Une silhouette à ses côtés invectivait la foule en anglais et m'a remémoré de façon troublante une scène de *Star Wars*. J'ai couru une bonne heure dans les rues sans savoir où aller. Mon appartement ne devait plus être que décombres, mes amis avaient ordre de tirer à vue, et j'ai imaginé Paris tout entier mobilisé dans une chasse à l'homme. J'ai erré jusqu'à trois heures du matin, avec la peur au ventre et les larmes aux yeux, j'ai eu envie de m'isoler entre quatre murs pour ne plus jamais en sortir en attendant la fin de la guerre. Dans un coin pourri, j'ai repéré cet hôtel repoussant de laideur.

*

Je m'assois sur le lit sale. Dans un silence total, je parcours des yeux le tracé du papier peint arraché, les graffitis gravés dans le plâtre. Je me passe un peu d'eau sur le visage, au milieu des cafards qui rampent autour de la bonde moisie du lavabo. Tout à coup, j'entends du bruit derrière la porte, ce sont eux, ils m'ont retrouvé, ils vont me faire la peau, je l'ai toujours su, je l'ai déjà accepté. La peur me vrille à nouveau les entrailles, je laisse échapper une petite plainte d'enfant et me reprends tout de suite. Cette peur me fait honte. Le bruit n'est pas fracassant, pourtant. Un son étrange, un choc feutré. Il s'estompe lentement. Je soupire un grand coup, soulagé. Je m'allonge. Les yeux clos, je laisse une foule d'images vagabonder dans ma tête, sans chercher à les maîtriser. Je suis loin, dans un pays inconnu, là où la chaleur et la misère envahissent les rues et les êtres.

Je vois.

Je vois un homme. Les tempes grises, les yeux résignés, assis par terre, les genoux ramenés vers lui, près d'une cuvette en émail ébréché. Il est maigre à faire peur. Ses gestes sont trop lents. Une barbe folle lui a mangé tout le visage. Aussi longtemps qu'il vivra, ses yeux ne riront plus jamais. Des bottes martèlent le couloir, il dresse l'oreille. Elles passent très exactement vingt et une fois par jour, il pourrait presque en déduire l'heure qu'il est. Les bottes font entre quarante et quarante-cinq pas à chaque passage. Au second passage de la journée, on entend le tintement des clés qui ouvrent entre une et trois serrures, chaque fois différentes. Cette fois encore, les bottes s'éloignent, il respire une bouffée d'air. Il attend, en silence, que quelqu'un vienne ouvrir cette porte, une bonne fois pour toutes. Certains soirs, il prierait Dieu pour que ça arrive enfin. Il attend depuis si longtemps qu'il a presque oublié ce qu'il faisait là. Il n'avait pas mis le palais royal à feu et à sang, il n'avait pas formé un bataillon de soldats rebelles. Il avait juste dit *non* quand tous les autres le pensaient si fort. Le courage n'avait rien à y voir, il le fallait, c'est tout. Et il s'était retrouvé là. Des milliers de gens, peut-être des millions, finiraient bien par le savoir, par-delà les océans. Il ne comptait déjà plus sur eux.

J'ai voulu m'endormir pour chasser le regard de l'homme. Ses yeux obsédants de tristesse ne me laisseraient plus en paix pour le reste de mes jours. Au plus profond de la nuit, je me suis senti proche de lui. Si proche que j'ai cru l'entendre pleurer.

En ouvrant les yeux, de retour dans cette chambre infâme, j'ai compris qu'on pleurait vraiment, avec de vraies larmes, à quelques mètres de moi. J'ai tapé contre la cloison pour que ça cesse mais ça n'a servi à rien.

Pleurnicheries, jérémiades...

J'ai trouvé cette douleur incongrue, exagérée, et même ridicule au regard de toutes celles qui saignent le monde. De toute façon, ça ne me regardait pas et rien que je puisse faire ne pourrait l'atténuer. Rien.

Et puis, une seconde plus tard, j'ai pensé exactement l'inverse. J'ai pensé qu'il n'y avait pas de peine perdue, que le plus petit geste insignifiant pouvait à tout moment faire basculer les destins et rendre l'espoir. J'ai toqué à la porte voisine, personne ne m'a répondu. Une table s'est mise à brinquebaler, j'ai ouvert.

Il ne devait pas avoir plus de vingt-cinq ans. Debout sur la table, il fléchissait les jambes de façon grotesque pour ne pas heurter le plafond avec sa tête. La manière dont il se débattait pour nouer la cordelette autour de son cou sans cesser de geindre faisait peine à voir.

— Vous comptez vous suspendre à l'ampoule ? Un grand garçon comme vous ?

Honteux d'avoir été surpris, il s'est mis à chialer de plus belle.

— Quelle que soit votre douleur, vous la regretterez après vous être brisé le coccyx.

Deux minutes plus tard, il était assis dans son lit et moi sur une chaise, face à lui. J'ai pensé que le plus gros du travail était fait. Il s'est mis à parler dans un français impeccable malgré une pointe d'accent hispanisant.

— J'ai eu une journée épouvantable, il a dit.

— Ah oui... ?

— Ma vie est foutue. Mon père me harcèle pour que je rentre au pays, et il n'en est pas question. Il a beau être mourant, il est encore très riche et très puissant. Il serait capable de tout pour que je revienne. Il m'a envoyé ici pour faire mes études et maintenant je n'imagine plus vivre ailleurs. J'ai rencontré une jeune fille. Il ne veut pas en entendre parler, il dit que j'ai des responsabilités, que je ferai un mariage princier avec une femme du pays. J'ai envie de mourir !

— Je suis sûr que si vous lui parlez, il finira par comprendre. Ce n'est sûrement pas un mauvais homme. Vous ne pouvez pas lui faire ça, à la veille de sa mort.

— Comprendre, lui ? Mais vous ne vous doutez pas du monstre qu'il est ! C'est un despote ! Un vrai !

— Vous n'y allez pas un peu fort ?

— Pas du tout ! Il a envoyé des sbires à ma recherche, ce pour quoi je me retrouve dans ce petit hôtel minable ! Ils vont finir par m'avoir.

— Écoutez, vous êtes en état de choc, c'est normal de faire un peu de paranoïa, mais demain matin vous y verrez plus clair.

— Demain matin je serai entre leurs mains, et dans moins d'une semaine je suis le chef d'État d'un pays à feu et à sang.

— Il n'est pas si puissant que ça, votre père. C'est un industriel ?

— C'est un despote, je me tue à vous le dire ! Il s'est élu président à vie de son pays où il fait régner la terreur, et il veut que je prenne sa succession.

— Où ?

— C'est une petite île au sud de la Caraïbe, vous ne connaissez sûrement pas, le San Lorenzo.

Dès qu'il a dit ça, j'ai eu envie de retourner dans ma piaule pour pleurer sous un couvre-lit jusqu'au petit matin.

— Vous avez choisi ce bled par hasard ou c'est vraiment pour me porter le coup de grâce ?

— Vous voulez que je vous montre mes papiers ? Mon visa ? Mon blason ?

J'ai essayé de rassembler mes esprits, ce qui m'a pris un temps fou et une énergie insoupçonnable à cette heure de la nuit.

— C'est quoi votre nom ?

— Ernesto.

— Ernesto, vous allez sans doute trouver ça absurde, mais j'ai peut-être une solution.

— Ça m'étonnerait, ma vie est foutue.

— Vous avez entendu parler de José Famennes ?

— Jamais.

— Et de l'ambassadeur du San Lorenzo en France ?

— Lui, je le connais, il m'a fait inscrire à l'E.N.A. sans passer le concours.

— Parfait. Il s'envole dans moins d'une heure pour le San Lorenzo et vous le suivrez. Vous allez devenir un héros national. Mais je préfère vous expliquer tout ça dans le taxi, le temps nous est compté.

*

Le gosse, plus futé qu'il n'en avait l'air, a tout de suite compris le plan que j'avais en tête. Se précipiter au chevet de son père et lui demander la grâce de José Famennes contre la promesse de prendre sa succession à la tête du pays. En quarante-huit heures, il réinstaure la démocratie et le droit de vote ; un mois plus tard, il est élu à l'unanimité et épouse sa petite Française qui ne demandera pas mieux que de passer son temps à choisir la couleur des nappes dans les dîners officiels. Pour tout ça, il fallait que le taxi arrive avant le départ de l'ambassadeur. À moitié réveillé, le chauffeur de taxi ne se doutait pas du caractère historique de sa course.

— Vous me ferez l'honneur d'accepter mon invitation au San Lorenzo, Alain ?

J'allais le remercier avec enthousiasme quand le chauffeur, dans un geste rituel de petit matin, a allumé la radio. Le ciel était clair, déjà, et j'ai senti que la journée serait radieuse pour la terre entière.

« Nous venons d'apprendre que José Famennes vient d'être exécuté dans sa prison du San Lorenzo où il était détenu depuis trois ans. L'ambassadeur était sur le point de... »

J'ai demandé au chauffeur de couper la radio et de ralentir.

Je ne connaîtrai sans doute jamais de héros comme José Famennes. Le seul qui ne m'aurait pas refusé une interview. Que voulez-vous, en ce bas monde, certaines rencontres ne se font jamais.

La boîte noire   11
La volière   45
Un temps de blues   61
Transfert   67
La pétition   85

DÉCOUVREZ LES FOLIO À 2 €

ARAGON — *Le collaborateur* et autres nouvelles

TONINO BENACQUISTA — *La boîte noire* et autres nouvelles

TRUMAN CAPOTE — *Cercueils sur mesure*

DIDIER DAENINCKX — *Leurre de vérité* et autres nouvelles

FRANCIS SCOTT FITZGERALD — *La Sorcière rousse* précédé de *La coupe de cristal taillé*

JEAN GIONO — *Arcadie... Arcadie...*, précédé de *La pierre*

HENRY JAMES — *Daisy Miller*

FRANZ KAFKA — *Lettre au père*

JOSEPH KESSEL — *Makhno et sa juive*

LAO SHE — *Histoire de ma vie*

IAN McEWAN — *Psychopolis* et autres nouvelles

YUKIO MISHIMA — *Dojoji* et autres nouvelles

RUTH RENDELL — *L'Arbousier*

PHILIP ROTH — *L'habit ne fait pas le moine* précédé de *Défenseur de la foi*

LEONARDO SCIASCIA — *Mort de l'Inquisiteur*

Composé et achevé d'imprimer
par la Société Nouvelle Firmin-Didot
à Mesnil-sur-l'Estrée, le 23 novembre 2001.
Dépôt légal : novembre 2001.
Numéro d'imprimeur : 57312.
ISBN 2-07-042200-3/Imprimé en France.

6529